下重暁子

JN192950

極上の孤独

GS
幻冬舎新書
492

はじめに

「孤独」をどう受け止めるか。人によって様々だが、「淋しい」「いやだ」「避けたい」というほうが日本では多い気がする。

逆に、ある種の人たちは「孤高」「自由」「群れない」などを連想して「孤独」に惹かれ、一種の憧れすら抱く。私もその一人である。

私は小学校二年で結核にかかったのだが、当時はまだ特効薬もなく、二年間、自宅の一室で栄養をとって安静にしているしかなかった。友達と遊ぶこともなく、否応なく孤独だった。

私は、幼くしてその愉《たの》しさを知ってしまった。誰にわずらわされることなく、自分と向き合い、自分自身を知ることは、極上の時間であった。好きな本を読み、妄想にふける。今の私は、その延長線上にある。

一人の時間を孤独だと捉えず、自分と対面する時間だと思えば、汲《く》めども尽きぬ、ほんとうの自分を知ることになる。自分はどう考えているのか、何がしたくて何をすべきか、何を選べばいいか、生き方が自ずと見えてくる。

孤独ほど、贅沢な愉楽はない。誰にも邪魔されない自由もある。群れず、媚びず、自分の姿勢を貫く。すると、内側から品も滲み出てくる。そんな成熟した人間だけが到達出来る境地が「孤独」である。

昨今、「孤独な高齢者は長生き出来ない」などといわれており、実際にイギリスでは「孤独担当大臣」なるものが新設されたそうだ。だが、孤独がいやだからといって、表面的に他人に合わせて一緒にいることに意味があるのだろうか。

確かに、自分のことを孤独で淋しい人間だと考えると、それがストレスになって、寿命にも影響するかもしれない。

しかし、人間、誰もが最期は一人。孤独を愉しむことを知っていれば、一人の時間が何ものにも代えがたく、人生がより愉しくなると私は考えている。

「孤独死はかわいそう」「出来れば孤独死は避けたい」と耳にすることがある。ほんとうにそうだろうか。最期が他人から見て孤独死であったとしても、本人にとっては充実した素晴らしい人生だったかもしれないのである。

女優の大原麗子《れいこ》さんが典型的な例だ。

彼女の家の衣装部屋には「孤独な鳥の五つの条件」という十六世紀スペインの詩人、サン・ファン・デ・ラ・クルスの詩が貼ってあったという。

一、孤独な鳥は、高く高く飛ぶ。二、孤独な鳥は、仲間を求めない、同類さえ求めない。三、孤独な鳥は、嘴《くちばし》を天空に向ける。四、孤独な鳥は、決まった色をもたない。五、孤独な鳥はしずかに歌う。

なかでも私は、五に惹かれる。孤独を知る者のみが、自分の人生を知り、しずかに自分の歌を歌うことが出来るのだ。

下重暁子

極上の孤独／目次

はじめに 3

第一章 なぜ私は孤独を好むのか 11

なぜ誰もが「孤独」を嫌うのか 12
サイのように孤高に生きたい 15
「淋しさ」と「孤独」は別物 18
「咳をしても一人」 21
集団の中でほんとうの自分でいることは難しい 24
孤独上手になるための「一人練習帖」 28
孤独を味わえるのは選ばれし人 31
スマホが淋しさを助長する 34
孤独でウツになりそうな時は？ 37
「家族が死んで一人になる」ことを恐れるな 40
孤独は人を成長させる 43

第二章　極上の孤独を味わう　47
子供時代はいつも一人　48
他人に合わせるくらいなら孤独を選ぶ　51
一人時間の人間観察で世相を知る　54
だから二人は面白い　57
新幹線は一人で乗りたい　60
素敵な人はみな孤独　63
トイレの効用　67
主婦は孤独なのか　70
十五年のジム通いから学んだこと　73

第三章　中年からの孤独をどう過ごすか　77
一人の時間を大切にすると夢がかなう　78
孤独上手は中年から本領を発揮する　81
人間の顔は生き方の履歴書　84
中年過ぎて何かに狂うと、ろくなことがない　85

「家族がいるから淋しくない」は本当か 88
一人好きは自分のペースを崩さないから健康になる 90
夜遊び中に時計を見るな 93
一人になれる場所はこうして見つける 96
一人で行動できないと楽しみが半減する 99
山麓で自然界の孤独を知る 101
アイボ君で孤独は解消する？ 105

第四章 孤独と品性は切り離せない 109

年をとると品性が顔に出る 110
孤独を知る人は美しい 112
万人を魅了した大物歌手はみな孤独 116
孤独を知らない人に品はない 119
品のある人はどこが違うのか 122
良寛さんは孤独の達人 124
「来るものは拒まず、去るものは追わず」 128
大きな決断をする前に人に相談するな 132

孤独でないとカンが鈍る 136
組織のトップはみな孤独 139
孤独だからこそ、やり遂げられる 143

第五章 孤独の中で自分を知る 147

絶望したからこそ得られること 148
親の死後の孤独は格別 151
秘密基地を作ると楽しみが増える 154
孤独であっても自己表現はいくらでもできる 158
母の枕元で見つけた懐剣の意味 161
「あんまり長生きすると、友達が一人もいなくなるよ」 164
母の歌集に残された孤独 168
孤独な人は、いい出会いに敏感になる 171
孤独を刺激する若い友人を作る 174
もっとも孤独で孤高な人生を歩んだ女 178

DTP 美創

第一章

なぜ私は孤独を好むのか

なぜ誰もが「孤独」を嫌うのか

「犀《さい》の角のようにただ独り歩め」

仏陀《ぶつだ》の言葉である。死を前にして、沢山の弟子たちに囲まれて言ったとされる。

仏陀が亡くなったら、何を頼りに生きたらいいのか、弟子たちがその指針を示して欲しいと頼むと、仏陀はこう答えた。

その意味は、

「サイの頭にある太い一本の角。その角のように独りで考え、独りで自分の歩みを決めなさい」

それぞれが自分の解釈で、仏の教えを広めればいい。どう解釈してもいいし、これからの生き方は自分で決めなさい。

厳しい教えであるが、真実を物語ってもいる。

サイの中でもインドサイは、群れで行動しない。単独で行動するので、「犀の角」とは「孤独」を意味する。

仏教では、人の恨みは人間関係に起因すると分析していて、人とのつながりが全ての悩みの原因になるから、そこから離れて独りになってみることが大切だと説かれている。そういう状態は淋しい、孤独で避けたいと思う人が多いが、実は決して淋しくも辛くもない。

沢山の人に囲まれていながら、誰も自分を見てくれない、声もかけてくれない。目の前の人とつながれない時に感じるのが孤独なのだ。

それならいっそ、独りになってみるがいい。独り歩めば、むしろ充実感があり、他人を気にしないですむ。

都会は孤独である。

私が卒論でその世界に浸っていた萩原朔太郎にも「群集の中を求めて歩く」という孤独感溢れる詩がある。

都会には人や物ばかり。それなのに、群集の中の一人として歩いている時、満員電車に揺られている時、実は一番孤独を感じる。

今の時代は人と人とのつながりばかりが強調され、スマホなどの機器を通じてやりとりをしていないと不安になる。

誰かとつながりたいと「いいね！」を押し、写真を載せ、共感を得ようとする。とにかく人から外れたくない、同じ輪の中にいたいと、一人ひとりがあがいている。

その実、今ほど人と人が遮断された時代はないのだ。

人とのつながりから自分がこぼれ落ちた、仲間外れになった状態では、人は淋しくて孤独を感じ、藁《わら》にもすがる思いで人を求める。

その結果、裏切られたり拒絶されたりして、どん底まで落ち込む。

仏教では、悩みの原因となる対人関係から距離を置くことをすすめているが、孤独と向き合う時間こそ貴重である。

自分の心の声に耳を傾ける時間を持つことで、自分が何を考えているのか、ほんとうは何を求めているのかなど、ホンネを知ることが出来る。

「犀の角のようにただ独り歩め」

私の大好きな言葉である。

サイのように孤高に生きたい

最近はサイの数が急激に減っているという。密猟によるものだが、目当てはサイの角。高値で取引されるので狩りの対象になる例が絶えない。

自然の動物を見ようとアフリカやインドに出かけても、サイに出会うことが少なくなったという。

私がアフリカにサファリに出かけたのは、一九七七年の秋であった。

サヴァンナは乾燥していて、夜は結構冷える。草原の中のロッジに泊まっていると、夜、獣たちの咆哮《ほうこう》を聞く。シンバ（ライオン）の雄を先頭に夕日の中をゆったりと歩いてゆく一家の姿も見た。獲物の番をする雌ライオンの姿も。

その中で一番印象的だったのが、ツリートップホテルで見たサイの姿だ。

ツリートップホテルでは、人間のほうが樹の上のホテルで待機して、深夜すぐ下の池に水を飲みにくる動物たちを、窓から観察するのだ。

夜行性動物は夜、水を飲み、用意された塩をなめに来る。

ジャコウネコ、ハイエナなど次々に違う動物が現れるが、お目当ての動物はなかなか来ない。ハイエナは数匹で陽気に水の中でじゃれ合ったりと、それはそれで面白いのだが、迫力に欠ける。

いい加減飽きてきて、ベッドでウトウトしていた時のことだ。枕の下あたりで唸《うな》り声を聞いた。眠い目をこすって窓の下を見る。

ベージュに近い白色のサイが一頭。その体は無骨でたくましい。頭部の真ん中にそびえ立っているのが太い角だ。なぜサイの角は一本なんだろう。たいていの動物は二本あるのに。

見惚《みと》れていると、さらに唸り声がした。なんともう一頭、サイが現れたのだ。墨色がかったグレーがいっそう四肢のたくましさを際立たせている。

二頭のサイは、お互いを認め合う距離まで近寄った。どうするのだろうと固唾《かたず》を呑んで見守っていると、一頭が闘牛のように爪で土を蹴って、相手を威嚇《いかく》した。

もう一頭も、立ち止まるどころか近づいていく。一触即発、二頭の唸り声は極限に達し、角をふりたてふりたて、戦い出した。

サイは孤独な生き物だ。自分の縄張りを侵されてはならない。

侵されたら、毅然として戦うしかない。

どちらが勝つのか、見きわめるには朝まで見守るしかない。二頭の迫力に負けて、その他の動物たちはやって来ない。

次の日の予定を考えて、私は眠ろうと努力した。しかしベッドの真下から二頭の唸り声がたちのぼってくる。逃げ場はない。このホテルに辿りつくために、銃をかまえた現地の人たちに警護されて、やっと登ってきたのだから。

いつの間にか寝てしまったらしい。朝日に照らされて慌てて下を見ると、昨夜の出来事が嘘のように水面が光り、動物の姿も見当たらない。もちろんサイの姿も。

食事に出かけてみると、黒板に昨夜見た動物の名が出ている。

「シロサイ　クロサイ　各一頭……」

サイを見ることは珍しいという。

私の見た二頭のサイは、孤独の角をふりふり、戦い続けた。

誰の助けもない。サヴァンナに住む動物たちの暮らしは厳しい。

私はあらためて彼らの孤独に想いを馳せ、人間界に甘えている我が身を振り返ったのだった。

「淋しさ」と「孤独」は別物

最近のショックな事件といえば、座間市の白石隆浩容疑者の起こした九人の男女殺害事件である。

事件の異常さもさることながら、加害者と被害者がネット上の自殺サイトで知り合った間柄であったことでも話題になった。白石容疑者は　自ら首吊り士と名のり、自殺を希望する女性に近づき、一緒に死のうと誘い、自宅アパートで殺害した。そのためにロフトのある部屋を探し求めたというから手が込んでいる。

白石容疑者の供述で私が興味を惹かれたのが、彼のツイッターに応じてきた女性が、「死にたい」と書いていたのに、会ってみると、ほんとうに死を考えていた人はいなかったという点だ。自殺願望ではなくて、ただ淋しくて話を聞いて欲しいだけだったという。

誰も自分のことをかまってくれない、自分の話に耳を傾けてくれない。だからこそ話を聞いてくれそうな白石容疑者の毒牙《どくが》にまんまとかかってしまった。

たった一つしかない大切な命を奪われてしまうとはゆめゆめ思っていなかっただろう。淋しいから誰でもいい、話を聞いて欲しい。そのことが自殺願望とどう結びつくのか。

もっと突き詰めて考えてみたことがあるのだろうか。死や孤独をムードや一時の感傷で捉えていないだろうか。

「淋しい」と「孤独」は違う。話し相手がいないから淋しくて、孤独。そんな安直なものではないはずである。

淋しいとは一時の感情であり、孤独とはそれを突き抜けた、一人で生きていく覚悟である。淋しさは何も生み出さないが、孤独は自分を厳しく見つめることである。

淋しいといえる段階はまだまだ甘い。淋しさを自分で解決しようという気はなく、誰かが何とかしてくれないかと他人に頼っているからだ。

そこで自分の淋しさを埋めてくれる人を探す。家族、友人、知人、そして最近はネット上でそれに応えてくれそうな人……。

相手が見ず知らずの人で、不安はないのか。会ってみたら優しそうな人だったから、丁寧に話を聞いてくれたから、それだけで信用する気になる。不用意過ぎる。自分を守るのは自分しかいないのに、安易に守りを解いてしまう。

そこまで追い詰められているといえなくもないが、誰も相談する人がいないから、さしさわりのないネット上で知り合った人や言葉を信用するのだろう。

ネット上の噂を信用するのと同じで、ネット社会の弊害ともいえる。しかしネットがここまで普及した今、禁止することは出来ない。

スマホを失くした女子学生が、見つかるまでの間は死んだも同然だったというから、スマホでネットにつながっていることが、唯一の頼りなのだろう。

私の世代では理解に苦しむが、一度ネットのない暮らしをしてみたら、ほんとうの淋しさや孤独を味わうことが出来るのではないだろうか。

ネットで人とつながることを求めている人の場合、「死ね」だの「ウザい」だのと悪口をいわれると、耐えることが出来ない。若い人たちの自殺の原因は、ほとんどが友達や知人から遠ざけられ、嫌われ、もはや生きていけないと思い込んでしまうことからきている。

誰も私をわかってくれない、淋しいから死を選ぶという前に、ちょっと待って欲しい。誰もわかってくれなくたっていいではないか。一人のほうが、自分の好きなことやしたいことがいくらでもできる。

他人に認められずとも、自分だけでいいではないか。「孤独はみじめ」なんかじゃないし、「孤独はみじめ」だと思うことにこそ、問題があるのだ。

「孤独」の中で、自分を見つめることは、実に愛《いと》しいことではないか。そんな自分を抱きしめてやる。そういった発想がなぜできないのかと悔やまれて仕方がない。

「咳をしても一人」

日本の俳句史上、燦然《さんぜん》と輝く二人の自由律俳人がいる。

五・七・五にとらわれず、荻原井泉水《せいせんすい》に続いて独自の境地を開いた二人、種田《たねだ》山頭火《さんとうか》と尾崎《おざき》放哉《ほうさい》である。

私は四十年来、俳句で遊ぶうちに、この二人の俳句に出合った。

山頭火は山口県の人、恵まれた家に生まれながら、家が没落し、母も自殺、酒造業で再興をはかるも失敗、放浪の身となる。

分け入っても分け入っても青い山
うしろ姿のしぐれてゆくか
鉄鉢の中へも霰《あられ》

どれも旅人の淋しさが滲み出ている。彼の生家のあった、種田酒造の跡を訪ねてみると、ぼうぼうと草が生え、荒れはてた中で山頭火という名の酒の看板があった。彼は放浪中、知人の家に一夜の宿を頼むと、一句短冊に書いて立ち去った。宿賃がわりに。

そこには、まだ甘えがあった。郷里の人々は彼を憐《あわ》れんで食物や宿を与えたが、熊本の寺で修行、出家した後も、山頭火は郷里にたびたび帰っている。

最期を迎えたのは、愛媛県松山の句友の家。山頭火の句には人を拒絶するのではない、寄りかかられたくなるような、人間味がある。

面倒を見たくなるような、その人の好さが私たちを惹きつけてやまない。

一方、同時期の俳人、尾崎放哉の俳句には、そういった甘さはない。

咳をしても一人
一日物言わず蝶の影さす
つくづく淋しい我が影よ動かして見る

なんと孤高な厳しい句だろう。山頭火にある感傷はなく、人の助けを拒絶して生きる姿勢があらわれている。

鳥取県生まれ、一高・東京帝大出のエリート。将来を嘱望されながら恋愛の失敗から、酒に溺れて仕事をやめ、京都や兵庫で寺男となり、小豆島で亡くなる。

結核にもかかり、晩年は一人暮らし、傷ついた獣のように一生を終えた。

放哉の救いのない孤独は誇り高く、何人をも寄せつけない厳しさに満ちている。

私は最初は山頭火に惹かれたが、放哉を知るに及んで、その透徹した孤独な姿が好きになった。今では山頭火の句が少しもの足りないほどだ。

孤独とは一人でいることではなくて、生きる姿勢なのである。病の床にありながらも、自分を見つめ、すっくと立っている。

そんな孤独には、突き抜けた美しさを感じる。真似など出来そうにないが、精神はかくありたいと放哉の句を読んでいる。

集団の中でほんとうの自分でいることは難しい

「孤独の〝孤〟の字は個性の〝個〟の字」と常々いっている。孤独を知らない人は個性的になれない。「個」が育たない。孤育ては個育てなのだ。「孤」を育ててきた人は、気づかぬうちに「個」が育っている。「孤」であることは手段であり、「個」はその結果である。

「個」は長い年月をかけて培ってきたものだ。「個」を育てるために費やす年月や努力ははかり知れないが、その「個」が崩れる時は簡単である。

人と群れる、人の真似をする、仲間外れになることを恐れる、物事に執着する……。そんなことを続けていると、あっという間に「個」が失われていく。折角《せっかく》育っていたものが、容赦なく消えていく。

人と喋ることを楽しみ、人と同じものを良しとし、おおいに盛り上がった時はたしかに楽しいが、後で一人になると急に虚《むな》しくなる。先刻の自分が嘘だったように思えてくる。

先日も仕事先のスタッフと忘年会をやり、その一人ひとりが感性豊かで話をするのが快《こころよ》かったのだが、別れて車に乗ると、どこかほっとする自分がいる。

好きなことを喋っていたようでいて、どこかで他人に合わせている。その座を白けさせないように無理をしている。そんな自分に気づくと、早く一人になりたいと思う。本来の自分に戻りたくなるのだ。

孤独とは、思い切り自由なものだ。誰も気にする必要はなく、自由で満足感はあるものの、その時間をどう過ごすかの全責任は自分にある。誰も助けてくれる人はいない。私は身震《みぶる》いするような厳しさに満ちた、その瞬間が好きなのだ。

他人と一緒の時は、ぬるま湯に浸かったような気分で、そろそろあがらなければ風邪を引くと思いながら、一緒にいる人に悪い気がして、ついつき合ってしまう。

そんな中で、一人泰然《たいぜん》としている人を見ると、心惹かれる。男の場合でも、受けようと次々に話題を繰り出す人よりも、無口な男のほうが何を考えているのかと気になってくる。

宴会の席でも、そっと抜け出して誰も気づかぬうちにいなくなる男がいるものだ。人知れず姿を消す。若い頃からそういう男が気になった。

「孤」に戻った瞬間、彼はどんな表情を見せるのだろう。

そういう人種は、仲間から奇人、変人扱いをされることが多い。

個性的な人は多かれ少なかれ奇人、変人である。反骨であったり、他人に理解されぬ部分を残しているような男を、私は「まがりくねった男」と愛情を込めて呼んでいる。

そういう人が減り、「いいね!」を押すような人ばかりが増えてしまった。早くいえば、個性的でなくなったのだ。

女の場合でいえば、数人が集まった中でひっそりしているけれど、そこだけ光を放っているような女性がいる。自分からしゃしゃり出てくることはないのに、存在感がある。そういう人は「孤」を知っている。

なぜ存在感があるのかというと、人の中にいても、決して同化することなく、「自分は自分」という位置を保っているからだ。黙っていても、それは伝わってくる。ついそっちに目を向け、好感を持っている自分に気づく。

そんな女性もめっきり減ってしまった。

はっきり自分の意見をいうのはいいが、何かというと、自分が自分がとしゃしゃり出てくるような女に魅力はない。

ゆっくり醸成されるワインのように、時間をかけて、いつくしみながら作られてきたものこそ美味なのだ。

そうした「孤」の時間を持つことが出来ているか、自分に問いかけてみよう。その上で少しでも、その時間を増やしていく。その努力なしには決して「個」は育たないし、魅力的にはなれない。

孤独上手になるための「一人練習帖」

「一人練習帖」とは、文字通り、一人の時間をいかにして持つか、増やしていくかという勉強である。

簡単なようで、これが難しい。家族がいる。友達がいる。なかなか自分一人の時間は訪れない。向こうからやってくるのを待っていては、いつになるかわからない。自分で無理やりそういう時間を作って、他人に邪魔されないようにするしかない。

決めるのは自分である。主婦の場合、朝、夫や子供が出かけてしまったら自分の時間になるわけだから、テレビもラジオもスマホも消して、十五分でもいい、十分でもいいから一人きりで自分に向き合って過ごそう。

窓の外を見る。黄色くなった銀杏の葉が、風に吹かれて散っている。またたく間に道路に積もって、その葉を蹴散らしながら学生らしき一団が石段を降りてくる。

銀杏の枝に葉のように張りついているのは鳥だ。青い色をしている。五、六羽いるだろうか。あんな青い色は野鳥には見かけない。どこかで飼われていたのが逃げ出したのだろうか。少し大きめのサイズと、丸く大きな頭は間違いなくインコだ。都会では逃げ出した鳥たちが野生化して暮らしている。

そんな、とりとめもないことを考える時間から始めよう。心を遊ばせる。自分の頭で考える。私にとっては、もっとも贅沢な時間である。テレビを見ていたのでは気づかない。スマホでメールや電話をしていたのでは、決して得られぬ一時《ひととき》。それを豊かだと感じることが出来るだろうか。

さて、そろそろ買い物に出かける時間。決して友達を誘ってはならない。一人で出かけるのだ。淋しいと感じる人は馴れていないだけのこと。出かけてしまえば一人のほうがはかどるし、日頃目に入らないものも見えてくる。

え？　冬なのに花が咲いている。何の花だかわからないが、こういう冬の日に、季節違いの花が咲くのを「帰り花」という。俳句の冬の季語で、「返り花」とも「狂い花」ともいう。家に帰ったら歳時記を見てみよう。様々な例句がある。そうだ、五・七・五で今日見た花を詠んでみよう。

帰り花昔の恋を反芻《はんすう》す

これは私の句だが、何だっていい。見たものを表現してみれば、また新しい愉しみを知る。一人だからこそ出来るのだ。友達と一緒なら、いつものように人の噂話かテレビ番組の情報交換で終わってしまうかもしれないのだから。

見た風景や花を絵に描いてみてもいい。日頃気づかぬものに目を奪われ、それを表現することで、自分にしかない感性に気づいていく。

私は、ふだんは一人遊びが上手なのだが、夜の食事の時間だけは、誰かに居て欲しい。人間でなくとも猫や犬でも何でもいい。夜、一人で食べるのが苦手というのは、私も意外に孤独に弱いのかもしれない。

それにも馴れることが必要だと思い、最近はつれあいがいない日、一人で食べる癖をつけている。友人を誘いそうになる気持ちをぐっと抑えて、一人で買い物をし、音楽を聞きながら簡単に食事をすませる時間は、思いがけず快い。

つれあいとはいえ、誰かがそばにいると、やはり神経はそちらに行っている。誰にも気を遣わずのんびり風呂に入り、一人で食事をし、思索にふける一刻《ひととき》。この愉しさを知らない人にぜひ味わって欲しい。

孤独を味わえるのは選ばれし人

孤独という言葉を聞いた時、どう感じるか、人によって様々である。

日本人は、和を以《もっ》て貴《とうと》しと為《な》す。みなで仲良くするという価値観からすれば、孤独は負のイメージになることが多いかもしれない。

学校には、一人ぼっちで仲間に入らず、いつも遠くから見ている、そんな子が必ずいるものだ。原因は体が弱いか心が弱いか、もしくは両方かはわからぬが、疎外感を抱いている子供。

私がそうだった。学校の通信簿でいやだったのは成績ではなくて、いつも「協調性がない」と書かれていることだった。協調性がないのではなくて、どうしてもまわりにうまく溶け込めないのだ。病弱で、しかも転校ばかりくり返していたので、友達の作り方がわからなかったからだ。

しかし、楽しそうに遊ぶ子供を見ている自分が私は嫌いではなく、いつも人と距離を置いているのが好きだった。淋しくはなく、そうした姿勢をかっこいいと思っていた。

孤独という言葉は嫌いどころか、むしろ私にとっては近しい友達であり、心地よかった。

私にとっての孤独のイメージはマイナスどころかプラスのイメージであり、いつも一人でいる人を見ているのも楽しかった。

小学校の放課後の運動場で鉄棒に寄りかかって、ボールをけったり走ったりしている子を見ていると、同じように二階の教室の窓から見ている子がいる。決して群れに参加せず、自分は遠くにいる。

親近感を抱いた。名前をよく知らなくとも、同類がいるのだと思った。

彼も孤独を愛しているから、お互いに決して近づこうとはしない。

この種の子供たちは、生まれてから死ぬまで自分は一人なのだと感覚で知ってしまっている。

誰かから教わったわけでもない。親や学校の先生が教えたわけでもない。

人間は孤独な存在だと捉えることが出来る人は、自分で考えることを知っている人だ。

自分で考え、自分で選び、自分で生きてゆくことを覚悟した、選ばれた人。うぬぼれていわせていただければ、私もその一人である。

「撰ばれてあることの恍惚と不安と二つわれにあり」

これはフランスの詩人、ヴェルレーヌの詩から太宰治が引用した言葉だが、孤独を知る人の心境をいい得ている。

多くの人はそうした孤独に耐えられない。一人でいることに恍惚はなく、不安ばかりで、誰かと群れることで、手っとり早く孤独から逃れようとする。

恍惚は、言葉を換えれば、誇りといってもいい。

孤独から逃げた人は、孤独が嫌いになる。孤独な人を可哀そうと憐れんで見る。自分よりその人を下に見ることで安心する。

日本人は孤独嫌いが多く、孤独に対するイメージは良くない。

孤立、孤食、孤独死と、一人で行動する人を良くいわない。孤独死など、特に新聞やテレビで特集して世の憐れみと涙を誘う。日本では畳の上で死にたいという人が多く、自分の家で家族に看とられて死ぬのが理想だと思われている。

私はそうは思わない。他人にはわからずとも、孤独でいることに誇りを感じる人は、人として成熟しているのではなかろうか。私自身がその境地に至っているかどうかはわからぬが、そうありたいと願っている。

スマホが淋しさを助長する

「孤独は山にはなく、街にある」

哲学者、三木清の『人生論ノート』の言葉だ。

孤独を求めて山に入るとは修行することである。仏教でも、キリスト教でも、イスラム教でも、悟りの境地を得るために深山《みやま》に分け入り、岩をうがって、そこで修行した。

その時、彼らは何を考えていたであろうか。

ひたすら仏を求め、神を求め、無我の境地に入り込んでいたに違いない。心は満たされ、狼の遠吠えも気にならない。

むしろ町にいる時、大勢の人々が自分をとりまき、通り過ぎていく。その中で誰一人とも心を通わさず、言葉を交わさず、ああ自分は一人だという隔離された気持ちと疎外感にさいなまれて、いても立ってもいられなくなる。

他人とのコミュニケーションの手段が増えれば増えるほど、淋しさは増すのだ。友達とＬＩＮＥでつながる。いとも簡単に返事が戻ってくる。そこで心が通じたと感じるのだろうか。

うまくいっている時はいい。恋人同士でも友達でも、仲良く会話が出来た時はいいかもしれないが、そううまくはいくまい。いつまでたっても返事が来なかったりすると、気でも悪くしたのだろうか、病気でもしているのではないかと気にかかる。

私も大切な数人の友人とＬＩＮＥをしているが、うまくつながらない時の辛さといったらない。待つのも辛いが、うるさくいうのも気がひける。ただ気ばかりあせって落ち着かない。

便利なツールが出来れば出来るほど、人間の気持ちは追いつめられてゆき、余計なことを考えて不安になる。

返事が来ない時の不安。それが来た時の安堵感。スマホという機器に自分がふりまわされるのが嫌だ。

二人でＬＩＮＥをする場合のみならず、数人やグループでＬＩＮＥをしている時など、自分だけ仲間外れにされたり、「ウザい」だの「死ね」だのといわれたら、どんなに傷つくか想像に難くない。たいした意味がなくとも、とても耐えられず、自殺などという手段を選ぶ原因にもなる。

かつては自殺の原因は、自らの存在への疑問など本人の悩みが大きかったのが、今では、人間関係が主な原因になってしまった。たかが人間の考え出した機器に自分の大切な一生を邪魔されてなるものか。

一度スマホから離れてみてはどうだろうか。実際にスマホを持たず、幸せに暮らしている人は大勢いる。

そうすれば、美しい自然に満ちあふれているこの世に気づき、日の光や風のそよぎに心なぐさめられるだろう。

私が審査員をつとめるある旅のエッセイ賞に、イギリスのケンブリッジに短期留学して初日にスマホをなくした体験記を書いてきた学生がいた。電話、メールなどの手段をなくし一から馴れぬ英語で人間関係を築いていくその涙ぐましさ、おかしさ、その一つひとつが彼の血となり肉になっていく。

彼は留学中、スマホを持たず、生身で人とつき合うことから始めた。それは大きな財産になり、帰国してからも、他人に安易にふりまわされない強さを身につけたはずである。エッセイ大賞に選ばれたのはもちろんである。

孤独でウツになりそうな時は?

久しぶりに五十年来の友人と食事をした。お互いに大学を卒業して放送局に就職し、名古屋で出会った。二人共アナウンサーであり、私はＮＨＫ、彼女は民放、同い年のよしみで、時々会って意見を交わしていた。

それから五十年余り、それぞれの人生を辿り突然、彼女から電話が来た。

「妹が死んじゃったのよ。がんが転移して結局駄目だった！」

私は、真っ白いバラを一輪、バラ専門の店で選び、香典と共に彼女の家のある目黒区碑文谷《ひもんや》のマンションに向かった。

以前一度だけ来たことがある。前に公園があり、桜並木が続いていた。当時はまだ彼女の母上も健在で、妹さんには乳がんが見つかってはいたが、銀行で秘書の仕事を続けていた。

女三人の家、めいめいが自分の部屋を持ち、食事の時はダイニングに集まる。弟二人は結婚して海外や離れた地にいる。私はこうした女三人暮らしも悪くはないなと思った。すでに私には父も母もいなかったからだ。

仲の良い家族だった。特に姉と妹が。姉である友人は多少気の強いところはあるが、私とは正反対のつくすタイプ。妹は、ある難病と闘っていた。その上にがんが重なり、何度目かの再発後の抗がん剤でますます弱り、最後にがん病棟で「お姉さん助けて！」といった声が耳から離れないという。

日頃は姉の気持ちを考え、弱音を全く吐かなかった。友人は出来ることはみなやったつもりだが、本人が少しでも苦しまない方法が他にあったのではないかと、悔やまれてならないという。

母上が亡くなり、二人で助け合って生きてきた妹が目の前で亡くなり、友人は一人暮らしになった。

私は仏前に手を合わせ、「お姉さんを守ってね」と心の中で呟いた。

二つの部屋が空いているのが淋しい。

バスで目黒駅まで一緒に行く間、あんなにおしゃれだった彼女が目立たぬように地味にして、化粧もせず、やつれているのが気になった。会った瞬間には、あやうく見まちがえるところだった。

その後、電話で時々話していたが、どうしてもゆっくり会わねばと思ったのは、

「上の弟が急に死んじゃったのよ」

と電話が来たからだった。そして、

「わたくし、ウツになっちゃった！」

というセリフにもう一刻の猶予もならないと、急に約束したのだった。

悪いことは続くというが、続けて二人の弟妹を失って一人暮らしになった淋しさ、孤独感はいかばかりかと、食事をしながらも、私は言葉を選んで喋ることになった。じっとしていると妹や弟のことが浮かんで「ああすればよかった、こうすればもう少し長生き出来たかも」と悔やんでしまうという。忘れることに集中して目の前のことを大切に、といってみても虚しい。時間しか解決策がないのは、彼女自身が一番よく知っている。

「家族が死んで一人になる」ことを恐れるな

その友人は何度も結婚しそうになりながら、毎回タイミングを失していた。私は、彼女の若い頃からの恋も見てきたが、やっと彼女からその気になった頃には、相手の気持ちに変化があったり、彼女の気持ちが単なる遊びと受けとめられたり。あまりに面倒見がいいのが仇《あだ》になることもあった。最後の彼は、間もなく離婚して彼女と一緒になると思われた、ある寒い朝、急死してしまった。

「あなたみたいに、のほほんとしてられるといいんだけど……」

と彼女はいう。私のように細かいことには気が回らず、マイペースでおめでたいほうが、たしかにいいことも多いのだが……。

「あなたにはもう少しおめでたい才能が必要ね」

といって、二人で笑い合った。

必要以上に心配性というのも考えものだ。

夫婦二人暮らしの知人の中には、まだつれあいが元気だというのに、今から一人暮らしになった時のことばかり心配している人がいる。

「お茶碗を洗うたびに思うのよ。いつも二つ洗ってるのに、これが一つしかなくなったらと思うと……」

もう涙声になっている。

「そうなってから考えりゃいいでしょ、今は二つあるんだから……」

とはいえ、夫を亡くした友人から「思わず二つ出してしまうのよ」と聞いた時には、その辛さが伝わってきた。

しかし、夫は健康で元気なのに、今から想像して一人になった時どうしようと暗くなって悩んでいるのはいかがなものか。

何か夢中になれることを見つけたほうがいい。

弟妹を失った前述の友人は、六十歳近くなってからバレエを始めた。今はすっかり夢中である。私も四十八歳から六十歳までバレエを習っていたからわかるのだが、音楽に乗せてバーレッスンやフロアで振りなど習っていると、その瞬間、時間を忘れる。年一回の発表会に衣装をまとい、付けまつ毛をするなんて、心まで少女のように浮き立つ。

友人もクラスで最高齢にもかかわらずバレエにとりつかれ、週一のレッスンだけは、ウツの間も欠かさないというから少し安心した。

この人がいなくなったらどうしよう、不安で不安でという人は、いつでも不安なのだ。

私だって、つれあいが昨年二度も熱を出して入院した時など、それを機に彼の体力が落ちるのをこの目で確かめると、色々感じるものがあった。

孤独を想像するのは辛い。しかし、そうと決まったら人間、腹が据わる。孤独の中にどっぷりつかると、あとは開き直りしかない。

なるようになれ！　そう思うことが、体にも心にも一番なのだ。

孤独は人を成長させる

物事を決める時、誰かに相談せずにいられない人がいる。それも一人ならともかく、何人にも相談する。自信がないからだ。自分で考え、決めるのが恐いのだ。なぜなら自分で決めたら、自分で責任を負わねばならないからだ。

誰かに相談して決めれば、その人の意見にしたがっただけだという逃げ道になる。やたらに相談癖のある人は、女に多いといってもいい。

どうでもいいことなら相談するのもコミュニケーションの一つだが、大事なことは他人になど相談すべきではないというのが私のスタンスだ。

最終的に決めるのは自分なのだから、まず自分で考え、意見を固める。その後で人に話すことはあるが、それはあくまで自分の考えの確認のためである。

誰でもそうではなかろうか。他人に相談していても、すでに自分の気持ちは固まっていて、最後の一押しが欲しくて、他人に相談する場合が多いのだ。

自分の考えとは何かといえば、孤独の中で決断を迫られたものである。

他人の意見は参考にはなるが、結局決めるのは自分なのだ。

孤独の中で、ああでもないこうでもないと悩み考え、やっと結論らしきものを得る。

そういう時間を積み重ねていくことによって、人間は成長していくのではなかろうか。

孤独な時間をどれだけ多く持つことが出来るかによって、成長の度合いが変わるといっても過言ではない。

世の中はますます煩雑になっていく。人間関係も、人間と人間が面と向かってつき合う以外に、電話、メール、LINEをはじめとするSNS等々、ほうっておいて欲しいと思っても、その渦の中にほうり込まれてしまう。

様々なツールを使って他人とつながることが出来るようになって、かえって孤独を感じる機会が増えたともいえる。

友達は大勢いるほうが幸せだと思い込んでしまう。

だが、友達や知人など少ないにこしたことはない。そのかわり、ほんとうに信頼できる友を持つこと。

私は小学校で一人、中学校で一人、高校で一人、大学で一人と、友達と呼べる人と出会った。グループが苦手で、多人数で行動することはほとんどなかった。そういう人たちからは離れていた。

人間関係は、あくまで一対一。それが鉄則である。それでなければ、心を開かない。私はいまだにいわゆる世間話が苦手で、その輪の中に入れない。やむを得ない場合は、無言になるか、気づかれぬように一人で輪を離れていく。

いつも輪を作っている人は、輪の中にいなければ淋しくて仕方ない。輪の中にいないと孤独だと感じてしまうのだろう。

それは「淋しい」という感情でしかなくて、「孤独」などという高尚なものではない。皮肉なことに、孤独を恐れ、自分を抑えて他人に合わせていると、孤独感は逆に増すばかりである。

孤独を嚙みしめながら自分のホンネに向き合い、あれこれ考えるからこそ、人間は成長出来る。

いつも他人と群れてばかりいては成長するはずもなく、表面的につき合いのいい人間が出来上がるだけではなかろうか。

第二章

極上の孤独を味わう

子供時代はいつも一人

小学生の頃、私はいつも一人だった。結核で小学校二年と三年のほぼ二年間近くを家で一間を与えられて寝ていたのだ。肺門淋巴腺炎《はいもんリンパせんえん》という初期の症状なので、療養所に行くことはなかったが、特効薬がなく、栄養をとって安静にしているしかなかった。

太平洋戦争が激しくなると、都会は東京も大阪も大空襲にさらされた。空襲警報が鳴って防空壕に避難することも多くなり、いよいよ疎開という破目になった。当時軍人だった父は、大阪の八尾にある陸軍の大正飛行場に配属になっていたので、奈良県の信貴《しぎ》山頂の老舗旅館に縁故疎開をすることになったのである。

池に面して広大な芝生の庭があり、本館とは別に離れがあった。一室に、ベッド代わりのピンポン台にふとんを敷き、安静にする毎日。微熱はあるが、痛くも痒くもないので、私の小宇宙をくまなく見渡し、興味のあるものを見つけ出す。

天井板の節目は日によって怪物の目になって私に襲いかかり、押しつぶさんばかりに近づいて来た。雨の日は湿り気を帯びて色が濃くなり、様々な形に変化した。

それらを見ているだけで退屈しなかった。とりわけ興味を惹かれたのは蜘蛛《くも》の巣である。廊下の隅や間仕切りの上に、地味な色をした一匹の蜘蛛が現れたかと思うと、あっという間にお尻から出した白い糸が見事な網に仕上がっていく。

その技に感嘆しながら、見惚れていると、完成に近づいたところで蜘蛛の姿は見えなくなり、目を凝らすと、網の隅にじっとうずくまって獲物がかかるのを待っている。遠く離れた網の先が微かに揺れる次の瞬間、どこからともなく蜘蛛は姿を現し、パッと獲物に飛びかかる。その素早いこと！　待っている時間の長さに比べて、ほんの一瞬の出来事だ。

私にとって蜘蛛は、この上ない親しい存在になっていった。同時に待つことの大切さを学んだ。これと決めたらそこから目を離さず、引きつけておいて、網にかかれば、しめたもの。決断の動作は速い。

蜘蛛から学んだ姿勢は、私に大きな影響を与えた。自分から行動せず、これと目をつけた相手が近づいて来るのを待ってパクリ。その方法で余り失敗はない。こちらから仕掛けると、うまくいかない。

軒端の蜘蛛の巣に雨滴《うてき》が光る美しさなど、たとえようもない。日本では蜘蛛をいやがる人が多いが、欧米では幸運の徴《しるし》であったり、恋をかなえるために少女が蜘蛛の巣のレース編みを作るのが習慣のパラグアイ近郊の村もある。

どのくらい私は無聊《ぶりよう》を蜘蛛に慰められたかわからない。

小学校二、三年といえば、遊びたい盛りだ。それなのに私には同年代の友人はおらず、まわりには医者をはじめとする大人ばかり。あとは、私たちと一緒に疎開してきた父親所有の小説や画集、父の描いた絵など。父はやむをえず軍人になったが、もともとは画家志望で家に帰るといつも油絵を描いていた。

隣の部屋から母の目を盗んで芥川龍之介や太宰治など、一冊ずつ持ち出しては、読めもしないのに一ページずつめくっていた。

他の人から見たら淋しそうに見えたかもしれないが、私は一人に退屈などしたことがなかった。妄想をたくましくするのに忙しくて。

一日の義務といえば朝・昼・三時・夜と四回熱を計り、グラフをつけること。本に熱中した日は確実に熱が上がり、母に叱られるので、ふとんの下に慌てて本を隠さなければばならなかった。疎開先での孤独な二年間が、今の私を作ったといっても過言ではないと思えるのだ。

他人に合わせるくらいなら孤独を選ぶ

一人の時間が多くなった理由は、我が家が転勤族だったせいもある。父親が軍人という職業だったせいで、二、三年置きに住所が変わった。

父が育った祖父母の家は、東京にあったが、私はほとんどそこに住むことはなく、大学に通う頃になって一時住みついただけで、宇都宮で生まれて以降、仙台、千葉、大宮、大阪……と、いわば流れ者である。

馴れた頃には幼稚園も学校も変わらねばならず、別れが辛くて同級生と仲良くならない術《すべ》を身につけた。

それとなく距離を置く、そんな癖が身についていたのか、私は高校、大学と進んでも他人とつき合うのが苦手だった。

NHKを経て民放のモーニングショーの「大島渚の女の学校」というコーナーにレギ

ュラーで出ていた時も、私の綽名《あだな》は「転校生」だった。出演者は瀬戸内寂聴、宮尾登美子、澤地久枝など錚々《そうそう》たるメンバーで、私はもっとも若い一人だったが、みな仲が良く綽名をつけて遊んでいた時、メンバーの一人の小沢遼子さんが、私のことを「転校生」と呼んだのには驚かされた。

社会に出て十年以上も経つというのに、どこか親しめない、よそよそしい、ちょっと恥ずかし気で他人に馴れないのを見破られたのか。

そのために、私は今でいういじめに近いことをされた経験もある。

小学生の頃、同じクラスに在日韓国人の少女がいた。なぜだか私を目の敵《かたき》にしていて、登校時や下校時に彼女が仲間と一緒になって待ち伏せしていて恐かった。

私は、自分から他人に迷惑をかけたり、けんかをする人間ではない。他人には無害なはずなのに、なぜ標的にされるのか。

母が私のことを心配して近所の男の子たちに頼んで登下校時には一緒に行動していたから、それが気に障ったのかもしれない。

今でも彼女の顔を憶えているから、よほど怖かったのだろう。私にはどうしてもわからなかった。別のクラスになってからも、中学生になって列車通学になっても、まだ狙われることがあった。

家まで押しかけて来られた時、母は心を決めて、なぜいじめるのかじっくり聞いてみたそうだ。

そしてやっとわかった。原因は私ではなく、父にあった。軍人で将校住宅に住み、恵まれた暮らしをしているのに、彼女たちの親は、徴用で無理やり日本に連れて来られた。その恨みが戦後になって噴出したとしても不思議はない。

父が直接関与していなくとも、日本国のとった方策は彼女たちに屈辱的犠牲を強いるものだった。そのことを理解してからは、申し訳なさが先に立った。

彼女と母が話し合って以来、もう私がいじめられることはなくなった。

転校生で結核だったため、いつも体育の時間は見学だったが、勉強だけは出来た。私が級長で、副級長が男の子。その子がある時、この上ない卑劣な行為をした。試験の点数をつける時、たまに先生の手伝いをさせられることがある。戻ってきた私の算数の答案がいくつか間違っていて、そんなはずはないと確かめると、消しゴムで消した上に書き直した跡があるのを見つけた。

先生に相談すると、その部分は副級長に頼んだとかで、その時初めて、私は男の嫉妬や恐ろしさを知ったのだった。

その後のことは憶えていないが、自分たちとちょっと違う存在は、目障りで気になるのだということがよくわかった。

しかし、それが私という存在なのだから致し方ない。自分を偽って他人に合わせて生きるということは、私の選択肢にはなかったのだ。

一人時間の人間観察で世相を知る

一人の時間を特別に作ろうなどと考える必要はない。孤独にならなければ、などと思うと、余計にしんどい。

日常の生活を少しふり返って、一人でいる時間を探してみよう。いくらでも見つかるはずである。

毎日の通勤、家から最寄り駅まで歩く。電車やバス、車での移動中などは、一人でいることが多かろう。

自分で車を運転する人は、ぼんやりしていては危ないから神経を遣うだろうが、私の場合は他人に乗せてもらうか、タクシーのことが多いので、車の中は、いわば個室である。

行き先まで車で三十分、あるいは一時間かかるとすると、その間に何ができるか。ぼんやり外を眺めて気づくこともあるし、家で時間が取れず、車の中で化粧直しをすることもある。その日の講演やインタビューで何を話すか、考えをまとめるための大切な時間でもある。暗記しなければならないものもあるし、参考書類に目を通すこともある。

かつては本を読んだりしたが、うつむいて文字を追っていると気分が悪くなることに気がついた。全く車に酔うことのない私ですらそうなのだから、これはおすすめ出来ない。

電車に乗ると私は出来るだけ、乗客の一人ひとりを観察する。人を見ていると、その人の生活が想像出来て面白かったが、最近は、八割方スマホを見ているのでつまらない。ただ、その真剣な表情から、メールしているのは仕事相手か恋人かなどと考えていると飽きることがない。

たまに本を読みふけっている人を見つけると嬉しい。他の人とどこか違って見える。端の席に座って化粧をしている若い女性。全く他の乗客が目に入っていない。気にしているのは、鏡の中の自分だけ。とりわけ目の化粧になると真剣になる。眉毛を描き、アイラインを入れ、つけ睫毛までバッチリつけて……。あの年齢なら、そんなに厚化粧をしなくても充分きれいなのに、一度やり始めると止まらない。

誰が見ているかわからぬのに、よくあんなに化粧に陶酔出来るものだ。もしその過程を恋人にでも見られたとしたら、百年の恋も冷め果てるだろう。

まだ二十代の頃、大阪駅で待ち合わせをしていた。場所に向かう途中、男子トイレの入り口に近い鏡の前で、待ち合わせ相手が鏡を見ながら懸命に頭をなでつけていた。それを見て、ぞっとした。私に会うためのその行為がなんだかおぞましく、逃げて帰りたかった。

仕方なく会うには会ったが、話は弾まず、私には頭をなでつけていた真剣な目つきしか浮かんでこない。

そういう姿を可愛いと思う人もいるのかもしれないが、私はいやだ。同様のことが女の場合にもいえるだろう。

ところが、驚くべき場面に出合ったことがある。若いカップルが手をつないで、私の前の席に座った。やおら女性が鞄を開けて四角い化粧バッグを膝の上に取り出し、そこで化粧を直し始めたのだ。

口紅くらいならいいが、男のほうも平気な顔でそれを見ている。何も感じないのだろうか。もうちょっとお互いに気取ったらどう？ といいたい。恥を知れ、恥を。

男に寝顔を見せないために早起きをしたというかつての妻たちがいいとは決して思わないが、化粧姿を見られても何も感じない鈍感さには脱帽しかない。男のほうも「百年の恋も冷めた」とならないのか。これがいまどきの若いカップルの生態なのか。

電車で人間観察をすると、意外に世相がわかって面白いのである。

だから一人は面白い

私にとってもっとも読書がはかどるのは、列車の中である。それも新幹線などで地方へ出かける時。

しばしば出かけるのは軽井沢。山荘が旧軽井沢にあるためだが、この時間は中途半端である。一時間ちょっとで着いてしまうので、新書や文庫本でもなかなか読み切れない。ちょっとウトウトしようものなら、乗り越してしまい、実際に次の佐久平《さくだいら》駅まで行ってしまったことが二度もある。

高崎から軽井沢の間はほとんどトンネルで、アナウンスがよく聞き取れないことが多いのだ。

佐久平駅でとまどっていると、駅員さんから声をかけられる。

「あ、乗り越したんですね。向こうのホームから軽井沢へ戻って下さい」

と親切である。私に限らず何人もいるらしく馴れていて、私は上りの新幹線ホームへ戻る。

したがって軽井沢へ向かう時間は、雑誌を読むことにあてている。

さもなければ乗客を眺める。そこで不思議なことを発見した。夏場毎週金曜のお昼頃、決まった下り列車に乗っていると、必ず顔を合わす人がいるのだ。

そのカップルは、四、五十代のチョビひげを生やした、地方の会社の社長風男性と、その秘書か奥さんなのか、人形のような白い無表情な顔をした女性。愛人かもしれぬ。もう一つ考えられるのは、地方に一緒に向かうエージェントの社長と、所属タレント。女性のほうが気を遣っているが、二人はほとんど会話をしない。私が軽井沢で降りた後も乗っているから、上田か長野あたりに行くのか。毎回決まって同じ時刻のグリーン車。

彼らはなぜ金曜の昼の北陸新幹線に乗っているのか。妄想をたくましくすると、いくらでも物語が出来上がる。

いつも二人なのに、ある時、女性だけが乗っていた。おまけに黒いキャリーバッグを引っ張って……。二人は別れたのか、それとも男の後を追っていくところか。そんなことを考え出すときりがない。

毎週決まった曜日に同じ列車に乗る目立つ男女。向こうも私のことに気がついたらしい。

目礼するわけにもいかず、私は一人で乗っている女性に、なぜ今日は一人なのか聞きたくて仕方ないのをこらえるのがたいへんだった。

新幹線は一人で乗りたい

隣の席が空いている時、私はいつも待っている。

それは、昔別れた私の恋人。一生に一度といっていい恋だった。大学三年の時、偶然見かけて、この人とは縁があると思った。案の定、放送局の仕事で再会し、それから十年間は私の恋人であり、私も彼の恋人だったといっていいだろう。

ただ結婚という名の生活に全く向かない私は、共に歩むことが出来なかった。

結果、私の失恋という形で終わった。惚れ過ぎていたために、私は自分をさらけ出して彼にぶつかることが出来なかった。

結婚という生活レベルに考えが至らなくて、ただひたすら惚れていた。涙の出るほどいい奴だった。

そんな情けない自分、そして中途半端で終わった感情をもてあまし、ある時から封じ込めた感情が、今頃になって疼《うず》くのである。

もう一度会って、ぶつけられなかった感情をぶつける。そうしておかねば、死ぬに死ねない。

いつかその日が来る。私はそれを信じている。例えば新幹線の車中で偶然隣り合わせるかもしれない。外国へ向かう空港でのトランジット、そこでふと出会う。

必ずその日が来ると信じると、実際にそういう日が訪れるのだ。あと二、三年のうちに必ず……。あまり先になっては、お互いの寿命が尽きてしまうかもしれず、締め切りが迫っていることが辛い。

新幹線に乗る時は、思わずあたりを見回す。出かける時はたいてい一人だから、隣の席は空いている。私は西へ向かう時は品川駅から乗るので、席について車内を見回す。

次の新横浜駅が一番可能性がある……。彼の現在の住まいがそこに近いからだ。次の可能性は名古屋駅……。無惨にも空席のまま列車は、私の目的地の京都駅に着いてしまう。そこでも、まだキョロキョロしている。他の車輛ということだってあるからだ。

私にとって、列車の中は昔の恋を反芻する大切な場所だ。

京都駅からタクシーでその日の講演会場、京都国際会館に向かう。鴨川沿いに彼岸花が群れている。

目の裏でまだ燃えている彼岸花

という句が出来た。

私にとって車中は、思索する時間であり、俳句を作るための時間でもある。四十年来、俳句が好きで、同好の士と月一、二回作っているが、列車の中で出来た句は結構多い。一人で心ゆくまで過ごせるからだ。

私が新幹線に乗って必ずすることは何かといえば、まず入り口で、膝かけを一枚取る。そして席に腰かけ、背もたれを適度に倒す。窓の外がちょうどよく見える角度に。季節の移り変わりが、山や田園からわかる。

車中で作った句といえば、北陸新幹線では、

落葉松《からまつ》の睫毛を閉じて山眠る

「山眠る」は冬の季語。雪に閉ざされた軽井沢の落葉松は針のような黄金の葉が落ち、

枝だけが黒々と、一直線になってまるで睫毛を閉じたよう。そこについた雪が日に照らされるととけて涙になる。

様々な私の想いを乗せて列車は走る。

その昔の恋人に都内のホテルのエレベーターでばったり出くわしたことがあった。運悪くその時、私はつれあいと、向こうも妻らしき女性と二人。

無言の刻が過ぎ、たまりかねたのか彼がいった。

「お元気ですか」

「お元気そうですね」

と私。ここで目的階についた。折角の偶然の出会いだというのに、お互いに連れがいたのでは何も起きようがない。一人であってこそ、ドラマは幕を開けるのだ。

素敵な人はみな孤独

私が俳句に目覚めたきっかけは、永六輔さんであった。四十年ほど前の晩春のある日、

「これから句会に行くから、一緒に来ない?」と誘われた。

行った先には、小沢昭一、和田誠、渥美清、色川武大、岸田今日子など、錚々たるメンバーが集っていた。「話の特集」という一世を風靡《ふうび》した雑誌の関係者を中心にした「話の特集句会」。その時の私の句が最高点になり、すっかり虜《とりこ》になってしまった。

それから今に至るまで、「話の特集句会」は生き続けている。亡くなった人も多く、参加者が減ってはきたが……。

「東京やなぎ句会」に時々ゲストとして顔を出すようになったのも、永さんに誘われたのがきっかけだった。同じ事務所ということもあって遊びの席には時々呼ばれたが、仕事を一緒にしたことはほとんどない。

そもそも最初は民放テレビで一緒に司会をするはずが、「やーめた！」といって、永さんが初回でいなくなってしまったのだ。

旅の達人としても知られるが、よく地方へ出かける途中の列車の中やホームで出会うことがあった。

私も一人、永さんも、もちろんいつも一人だった。軽く会釈をしてすれ違う。そんなところで嬉しそうにベタベタするのは愚の骨頂。さらりと挨拶だけ。

素敵な人は、たいていが一人。やはり新幹線で、立川談志さんに会った時のこと。談志さんは席の前のテーブルやシートの上にゲラを広げて原稿の校正中、以前から顔見知りだったので、

「あら、たいへんですね」

といって、自分の席に戻った。

談志さんも病気になる前は、たいてい一人だった。弟子や知人と一緒なのは、銀座のいきつけのバー「美弥」など。素敵な人は男女を問わず、一人が多い。

伊豆で「川端康成の伊豆」という催しをやった時、朗読をお願いした樹木希林さんも一人で現れた。

私が書いた台本のナレーションをお願いした時も、小沢昭一さんは一人だった。

ある時、句会の会場に向かう途中の公園で、一人タバコをふかしている小沢さんを見かけた。声をかけるのがためらわれた。

それが最後になって、間もなく訃報が伝えられた。

永さんも車椅子になってからは押す人が必要だったが、暮らしていた神宮前のマンシ

ョンでは最後まで一人だった。

ケアマネジャーが足繁く通っていたが、夜は多分一人だったろう。愛妻の昌子さんが先に亡くなってから、ほとんど一人暮らし、他人が家に来るのを嫌がった。

亡くなった後、お宅に焼香に訪れた際、帰りがけに玄関ドアを開けようとしてハッとした。ドアの内側に貼られた一枚の紙。

「戸締りはしたか？　ガスは消したか？　水道は止めたか？」

その他、外出に際しすべきことが、永さんの字で黒々と書かれていた。

その字を眺めていると、不意に涙がこぼれた。

最後まで一人で生きようという姿勢が感じられた。

永さんは全国各地にたくさんの友とファンを持つことで知られていたが、「実は孤独な人だった」と最後までそばにいた友人が語っていた。

どこへ行くにも一人。寄席や催し物の会場にもふらりと一人で現れ、風のように去っていった。そして、ある日、いつものように、あの世へ旅立った。

トイレの効用

サザエさん時代の昭和の良き風景の一つとして、お父さんが新聞片手にトイレにこもる図がある。

外で働くお父さんは家に居場所がない。リビングは子供たちに占領され、キッチンは妻の居場所、それ以外の場所の管理者もまた妻である。

書斎という立派な居場所のある家は少なく、たとえあったとしても、ちょっと近寄りがたく、我が家でも父が書斎にいる時は足音を忍ばせて、そっと通り過ぎねばならなかった。

戦後、住宅事情が悪くなってからは、そんな場所もなくなり、子供部屋はあっても、父母の部屋はベッドルームという名でひとくくりにされ、「個」の空間が持ちにくくなった。

「たった三畳だけど自分の部屋が確保出来た時、どんなに嬉しかったか」

地方に家族と住む男友達の述懐である。

夜はそこにこもる。その時間の幸せといったら!

男も女も誰にも邪魔されない、自分だけの空間を持つべきだ。女性たちの中にはキッチンの片隅に置いた机と椅子、本棚などでそれを実現させている人もいる。それだけでどんなに「個」が保てるかわからないという。

私など物書きは、部屋がないと話にならない。どんなに散らかしておいても、誰にも何もいわれない空間が……。

そんな贅沢がいえない時は、馴染みの喫茶店やちょっとした空間を見つけ、どこでも原稿が書けるように訓練している。そうなると雑音も気にならない。

仕事中はたいてい音楽を聴いている。クラシック、ジャズなど、出来る限り歌詞のないものがいい。

今もジョルダーノのオペラ「アンドレア・シェニエ」を聴きながら書いているが、全部イタリア語だから気にならない。やはり一番耳につくのが日本語である。

かつての日本家屋で一番孤独を保てるのはどこかといえば、トイレであった。だから朝刊を持ってトイレにこもるのが、お父さんたちの楽しみであった。

その気持ちはよくわかる。新聞や本を読むには、トイレは実に適した場所である。

他の人が迷惑したにしても本人にとってはすこぶる快適。なかなか明け渡す気にはならない。

確かに、トイレで読む活字は頭に入りやすい。それだけではなく、考えをまとめる時にも役立ってくれる。どうしても整わなかった言葉が、すっきりと浮かび上がってくる。

私は句会で俳句がなかなか出来ない場合、締め切りの十分前にトイレに行くことにしている。毎月の会場はかつての料亭なのでトイレも複数あり、他人の邪魔にならない。

どうしても五・七・五におさまらなかった言葉が嘘のように瞬時に整理され、後は一刻も早く紙に書きつけるだけ……こうやって私はいくつもの句会をこなしてきた。

最終的にトイレでまとまったものの出来はよく、好成績につながるのだ。

なぜトイレなのか。昔の言葉でいえば、厠《かわや》。そこには、頭をすっきりさせる要素がひそんでいるのか。混乱が収まって、澄んだ境地になれる。これを私は「トイレの効用」と呼んでいる。

二〇一八年一月にも句会が二つあった。締め切り十分前の恒例行事で、どちらも最高点を得ることが出来た。

主婦は孤独なのか

二〇一七年下半期の芥川賞受賞者は、女性二人であり、一人は若竹千佐子さん、六十三歳の主婦である。

『おらおらでひとりいぐも』（河出書房新社）という題名を見た時に「これはきっと賞を取る」と思った。宮沢賢治の詩「永訣の朝」の一節だが、方言のユニークさと強さは抜群である。

その若竹さんの記者会見を見た。地に足のついた言葉に好感を持った。

私の早稲田時代の級友で大切な友である黒田夏子さんに次いで、史上二番目の高齢での受賞、いまや年齢は関係ない。

七十四歳の主人公の老いを見つめる作品だ。若竹さんは岩手県に生まれ、職業婦人になれと育てられ、一時臨時教員をしただけで結婚後上京、それ以来主婦業。

「主婦は孤独です」という言葉が耳に残った。たしかに主婦は夫の世話や子育てを終えると孤独であろう。いや子供や夫がいて忙しくしていても、孤独かもしれない。

することはいくらでもあり、いたずらに時間は過ぎていくが、評価されることもなく、ママ友など子供を通してのつき合い以外、友達も出来にくい。

自分から出ていかないと、社会から隔絶された存在になりかねない。

その結果キッチンドリンカーになったり、中高年を迎えてウツになる人も多い。

若竹さんもそんな孤独を味わっていたのだろう。

「口惜しかった。このままじゃ終われないという気持ちがあった」

子供も大きくなり、夫が亡くなった後、長男のすすめで朝日カルチャーセンターの小説講座に通い出したという。それまでも書いたり途絶えたりしてきた小説に、本気で向き合う覚悟を固める。

「役割をいったん終えた女性の終わりの時の自由さと吹っきれ感、おばあさんの哲学を書きたかった」と朝日新聞の「ひと」欄にある。

「人は自分の意思で行動しているようにみえて、仕向けられていることが多い。本来の自分の欲望を見つけることが生きることじゃないか」とも。

若竹さんは主婦という立場で、逃げることなく孤独と向き合った人だと思う。

その中で見つけたのが書くという自己表現の手段であり、書きたいという思いが生きている証拠だと気づいたのだ。

「テーマをつかむのに六十三年、人生に遅いということは決してない」と若竹さんは言う。

友人の黒田夏子さんは子供の時から書くことしかないと、ずっと小説を書き続けてきた結果の受賞だったが、若竹さんは六十三年の間、自分のテーマをつかむことを、主婦業の中でも忘れたことはなかった。志を持ち続けたのだ。

それもこれも、孤を見つめることを知っている人だったからだ。

主婦業は一見自由業のようでありながら、多分に人からの制約を受ける仕事だ。夫、子供、父母といった家族、そして世間。

その気になれば、一日に十分でも二十分でも自分と向き合う時間が持てるはずなのに、他の人々と同化するほうへ逃げてしまう。誘われれば、ママ友との食事、学生時代のグループとのつき合い、家では家族の世話に明け暮れ、自分自身に向き合うことをしなくなる。

その結果、人の話ばかりが気になり、噂話や、子供、夫の話題しかなくなっていく。

本来自分が何をやりたかったのかも想い出せなくなり、一人になる時間が怖くて仕方がない。

主婦業の女性こそ、その気になれば自分の時間を見つけやすい。まわりにふりまわされることなく、他人との会話の中でも出来るだけ「私は」という主語を使うことで、自分が何者かを見つけて欲しい。

十五年のジム通いから学んだこと

十五年近くジムに通っている。というと、たいてい体を鍛えていると誤解される。全くいいかげんで、最初のうちはたまに行ってジャグジーに入って帰ってくるだけで、「お風呂屋さん」と呼んでいた。

しかし、だんだん時間がもったいなくなり、折角ならとストレッチをやってもらい、マシーンを使って筋肉を少しずつ鍛えるべく努力している。

ストレッチは起きる前と寝る前に自分でやる習慣がついている。四十八歳から六十歳までクラシックバレエをやっていて、松山バレエ学校の発表会で毎年五反田のゆうぽうとの舞台にも出た。昔から体が柔らかく、今でも開脚して体をつけることなど簡単に出来る。

ジムは我が家から歩いて十分という距離にあり、広尾という場所柄、有名人も多いのだが、老若男女様々な人に出会う。

私は自分から話しかけることはないが、同じマンションの住人など、顔見知りも何人かいる。

そこで意外なことに気がついた。日課のように通っている熱心な人のほうが先に亡くなる例が多いのだ。

私をそのジムに紹介してくれた面倒見のいい奥さんがいた。私のためにきれいな柄の水着をプレゼントしてくれたり、先輩として様々なアドバイスをしてくれた。彼女はほぼ毎日ノルマのようにしてジムに通っていて、そこではボス的存在だった。

その彼女としばらく会わないと思っていたら、がんになったらしく、これまた彼女らしく病院へはきっちり通い、手術をし、抗がん剤治療も定期的にしていた。

その後もジムで見かけることがあったが、数年後に転移が発見されたと思ったら、突然の訃報に驚かされた。

あんなに健康に気を遣ってまじめにとり組み、私のようなぐうたらともつき合ってくれたのに……。葬儀に参列しながら、「なぜ?」と問いかけていた。

もう一人も偶然、同じジムに行っている同じマンションの住人。彼女とは松山バレエでも一緒だった。

バレエ学校の成人クラスで熱心さでは群を抜き、人の面倒を見るのが大好き。発表会の日など四時起きでみんなのためのお弁当を作ってくれたり、何かあるとプレゼントをくれる。そんなに気を遣わなくてもと思っていたのだが、性分なのだろうか。

スポーツは万能で、ジムにも私よりしっかり通っていた。

私がバレエをやめ、会うことも減ったが、ある日、ジムで彼女が亡くなったことを聞かされ、にわかに信じがたい思いだった。

この二人に限らず、常日頃から健康を気にし、運動も欠かさない人ほど早死にである。

なぜそうなのか。私のようにいいかげんなほうが長生きし、いつまでももっている。

考えるに、彼女たちはまじめにノルマを片づけ、毎日動かなければ気がすまない。もともと健康だったために体に自信があり、多少の無理をしても決めたことをやる。やらないとストレスになる。

自分の体の声にもっと耳を澄ますことが出来れば、休むことを大事にしただろう。仕事や運動もやり過ぎはいけない。健康を過信すると、自分の体の声を聞き忘れてしまう。そのためにも、一人になる時間を持つことは大事だ。自分の体と向き合わなければ、聞こえるものも聞こえてこない。

私のように子供の頃から健康に自信がないと、自分の体の声を常に聞いて予防し、無理をしない。

かえって病気とのつき合い方も上手になり、長生きする。健康で運動をやり過ぎる人ほど、短命という皮肉な結果にもなりやすい。何事もほどほどが大事なのだ。

第三章 中年からの孤独をどう過ごすか

一人の時間を大切にすると夢がかなう

私はかつて九年間ＮＨＫに勤めたことがある。アナウンサーという仕事だったが、一日のスケジュールはデスクが決める。それにしたがって動かねばならない。到着するとまず出勤時刻をガチャンコ（タイムレコーダー）で記録する。

自分のフィックスされた仕事はわかっているから、それが始まるまでに時間のある時は、ゆっくり出勤することもある。

ガチャンコだけを、誰かにかわりに押してもらって。

アナウンス室へ急いで向かうが、そんな時にかぎって、フィックス番組以外に細かい交通情報やら天気予報やらお知らせがついている。

デスクに寄ってそれをチェックするのだが、うっかりすると見逃したり忘れたりして、慌ててスタジオへ走ることになる。

間に合うならいいのだが、間に合わなかった時は大目玉を食う。他の人がかわりに行き、その時の「しまった！」という気持ちぐらい嫌なものはない。

今でも、スタジオ目指して走っているのにその場所がわからず、冷や汗をかく夢を見ることがあるから、強迫観念は想像以上のものだったのだろう。

番組が終わって部屋に戻ると、私たちの時代は、時間のある先輩たちが真ん中のソファに陣取っていて、何か問題があると、「ちょっと！」と片隅に呼ばれ、お小言を頂戴する。

それがいやで、私は大部屋に近づかぬようにして、空きスタジオや別室で一人の時間を過ごした。

フィックスされた番組には全力をそそぐが、その他のことで縛られるようなことは愉快ではなかった。ガチャンコなどという、はなはだ非人間的な代物もいやだった。

今はそういうものはなくなった所が多いが、勤務中は縛られていることに変わりはない。

縛られることが嫌いなので、いくら勤めとはいえ、そこから逃げたいと思っていた。独立して、自分を自分で管理出来たらどんなにいいだろう。そればかり考えていた。空き時間を見つけては、空きスタジオで一人になり、ラジオの私のフィックス番組である

「夢のハーモニー」で放送するための詩や物語を考えている時が一番幸せだった。

ＮＨＫという大組織の中にいても、私はその頃から孤独を楽しんでいた。

他の女性たちはというと、誘い合ってお茶を飲んだりご飯を食べに行ったり……。

私はほとんど参加しなかった。つき合いが悪いと思われそうで、最初のうちは一緒に行っていたが、人の噂話ばかりで全く無駄な時間だと思えたからである。

そのうちに、私がスタジオで何か書いていることに気づいたディレクターが、外部のライターに出していた仕事を、そんなに好きならやってみたらと回してくれたので、番組の台本書きの仕事もくるようになった。

多少つき合いは悪かったかもしれないが、そんな私を認めてくれる人もいた。

普通の会社であっても空き時間の使いようで、一人の時間を確保することはできる。

それが仕事への反省ややる気につながり、将来への夢を育ててくれる。

現在の仕事に全力をそそぐのはもちろんだが、その中でも空き時間を一人で考えることに使っていると、必ず将来につながる。

私の場合、ともかく物書きになりたいという夢があったので、空き時間はすすんでそのために使った。それが他人の目に留まり、「夢のハーモニー」のための詩や物語を書くことが出来、あれは誰の作品？　と反響があると嬉しかった。それを続けているうちに、ある出版社から「面白いから本にしないか」という話が持ち込まれ、第一作が生まれたのだ。

孤独上手は中年から本領を発揮する

ＮＨＫを退職して念願の独立を果たし、私は人から縛られることがなくなった。自分の時間をどう使おうと自由である。

それを満喫できると思ったのも束の間、自分で自分を管理することの難しさに直面した。

勤めていれば、勤め先で決めてくれるスケジュールにしたがって、文句をいいながらも、こなしていけば日々は流れていく。

ところが自分で管理するには、たいへんな努力がいる。人間どうしても易《やす》きに流れるから、誰も文句をいわないのをいいことに、何時までも寝ている。

まずはスケジュールを自分で立てなくてはならない。机上では出来ても、それを実行に移すのは難しく、「明日からやろう、明後日からやろう」とずるずる引き延ばし、結局やらずに、むなしく時は過ぎ、自分への失望だけが増す。

こんなはずじゃなかった。時間が出来たら、あれもこれもと夢みていた。ところが全て自分で考えて行動するとなると、これほどしんどいことはない。

一度なまけると癖がついて、いつまでたっても何事も始まらない。自分の頭で考え、自分の身を起こし出かけなければ……。あー誰か縛ってくれないだろうか。あんなに嫌いで恨めしかったガチャンコまでもが妙に懐かしくなる。

誰かが縛ってくれることはラクなのだ。誰も自分を縛らなくなってはじめて、一人で何かをすることの難しさを知る。

私もそうだった。独立してから民放テレビのキャスターをやり、その後、物を書くために時間をもっとフリーにしたら、どう過ごしていいかわからなくなった。

自分が動かねば何も始まらない中で、途方に暮れた。

毎日テレビに出ていたので、出なくなったらテレビ禁断症状があらわれた。テレビに出ることで一日が組み立てられていたのがわかった。それを活字中心に改めるのには時間がかかった。

短い時間はまだしも、長い時間をどう使えばいいのか。私は苦手なノンフィクションを書くことを自分に課し、物を調べ、足で稼ぎ、一冊三年以上かかるような仕事を企画し、出来るかどうか自分と我慢比べをした。

定年になったら、そもそも一度は通る道だ。だらだらと家にいて、家族から粗大ごみだのぬれ落葉などといわれて邪魔もの扱いされる。そうなってからでは遅い。定年になったら即実行出来る仕事と趣味を持っていたい。

ボランティアでもいい。今まで関心があっても出来なかったことを。知人には植木が好きで植木職人になった人、新聞配達をしている人がいる。現役だから、みな生き生きしている。

スタイリストをしていたがその仕事を終え、今は老人ホームで介護士として働いている女性もいる。かつては鼻につくところもあったが、今の仕事になってからは人が変わったようになり、多くの人に感謝されている。

定年になってからこそ、その人の本領が試される。誰かが縛ってくれている時ではなく、誰にも縛られることがなくなってからこそが、力の見せ所なのだ。

人間の顔は生き方の履歴書

自分の顔を知っているか。自分の顔を一番知らないのは自分である。他人が見ている自分の顔を、正確に見ることは出来ない。鏡に映っているのは、自分の顔そのものではない。左右逆に映っているものを見ているわけで、その顔は自分の顔とはいいかねる。最近は鏡の技術が進化したらしく、本人より良く映るものもあるし、それに馴れていると、正直に映し出すものが残酷に見えたりする。

「男の顔は履歴書」というように、男の場合、仕事の内容がそのまま顔に滲み出てくる。それが染みついて、元の自分の顔を忘れてしまう。

学校の先生は教師の顔、寺の住職はそれらしく、営業マンは如才なさが顔にあらわれる。

それだけではない。生き方も滲み出るから恐ろしい。ごますり男はどこかにその媚《こび》が染みついているし、反骨で生きてきた人は、それなりに潔い顔になっている。

長い仕事人生の中で、自分の顔がなくなっている人も多い。それだけシビアな人生だったといいえなくもないが。

定年になったら、自分の顔をとり戻したい。仕事の仮面をつける前の素顔を。いつまでも「昔の名前で生きています」では、新しいものは生まれてこない。

定年後は、勤めていた頃の名刺や肩書きを捨て去ろう。局長やら部長の肩書きのついた昔のままの名刺を渡されると、ぞっとするし、哀れになる。この人には自分の顔がない。肩書きだけが大事なのかと思うと、薄っぺらい男に見える。

定年後は一人の男に戻ろうとする人の顔は、なんと可能性に満ちていることか。

これからがほんとうの自分の人生なのだ。

中年過ぎて何かに狂うと、ろくなことがない

自分の顔をとり戻すには、準備が必要だ。組織で仕事をしながらも、一人の時間を少しずつ多くしていく。自分はほんとうは何をしたいのか、したかったのか。

何か手がかりはないか。毎日の仕事や生活に追われ、すっかり忘れ去っていることを想い出してみよう。私はそのために、中学・高校時代の記憶を辿ることをおすすめする。

小学校でもいいが、あまり無責任な夢ではなく、現実味を帯びた夢をとり戻すために。中学・高校という大人になる少し前の時期にやりたいことや、なりたいものはなかっただろうか。

それを大切に持ち続けている人は、自分の顔をとり戻しやすい。私の友人は四十代後半になったが、「夢手帖」を大事につけている。いつか出来るかもしれない、やりたい夢を持ち続けている。出来るか出来ないかはわからないが、自分自身が忘れないために……。

「そんな子供っぽい甘っちょろいことは恥ずかしくて出来ないよ」という人は不幸だ。仮に夢を貫けなくても、頭の中、心の中にしっかりととどめておきたい。

夢を全て諦めた人は、自分の顔をすっかりなくして、再び夢をとり戻すところから始めねばならない。それは結構しんどいことである。気をつけねば、冷静さを欠いて、おかしなものに狂ってしまうことにもなりかねない。

中年以降に突然何かに狂うことと、ほんとうに好きなことに取り組むことは、別物だ。そこを履き違えないで欲しい。

中年過ぎて狂うと、熱中し過ぎてまわりが見えなくなり、はた迷惑な人が出来上がることがある。

ある作家の例なのだが、中年過ぎてカラオケに夢中になり、打ち合わせのたびにカラオケに行きたがり、編集者たちがいい迷惑をこうむったという話もある。

また若い頃に恋愛経験のない人は、中年になって狂うと見境がなくなり、年甲斐もない行動に出るとか。

若い時に遊んだ経験のない人は、まじめなのだが、一度遊びの味をしめると、それにのめり込んでしまう。私はつき合う相手としては、若い頃に遊んでいない人は敬遠していた。

仕事柄、学者にインタビューすることも多かったが、東大をはじめとする優秀な学者には、自分の専門以外、何の話題もなく、つまらない人が多かった。

若い頃に様々なことを経験している人は、途中から狂うということがあまりない。だいたい若い頃に経験しているから、適切な判断が出来る。

中年になって急に何かに目覚めると、やみくもに突っ走ってしまって、相手やまわりの迷惑がわからなくなる。

自分というものを客観的に見つめる癖がついていれば、暴走することはあまりないだろう。自分のしたいことや、時間が出来たらやろうと思うことを若い頃から準備しておくと、定年後に、まわりにも迷惑をかけないですむ。

仕事一筋もいいけれど、自分の顔をなくしてしまうようなことはしたくない。

中年過ぎて何かに狂わないためにも、定年後の自分を充実させるためにも、若い頃から一人の時間を大切にして、将来の自分の顔への努力を怠らないでいることは、男にとっても女にとっても大事だ。

「家族がいるから淋しくない」は本当か

家に帰って、誰も出迎える人がいないのは淋しい。特に夫婦と子供という絵に描いたような家庭像が幸せ、と信じて疑わぬ人にはそうかもしれない。

私は『家族という病』という本の中で、お互いをもっとも知らないのが家族であり、知っていると錯覚しているだけと書いたが、家族幻想が大きければ大きいほど、ちょっとしたすれ違いで落胆も大きく、それが憎しみに変わる。殺人事件でもっとも多いのが家族間であることを見ても明らかだ。

子供は守って育てる時期が過ぎたら、離れてゆくのが当然。親を乗り越えて成長し、親は二人に戻り、のちに一人になる。それを必要以上に、不幸だとか淋しいとか感じてはいけない。誰もが通る道なのだから、どんと引き受けなければならない。

夫婦二人になったら二人の暮らしがあるだろうし、のちに一人になったら一人の暮らし方がある。

たとえ二人とも健在であったとしても、もっと自由になって、一人のような暮らしを始めたほうがいい。

形から入ることがあってもいい。例えば今まで寝室を同じにしていたのを別々にすることも大事だ。

子供たちが巣立っていけば、部屋も空くだろう。その時こそ、念願の個室を持とうではないか。

男友達の一人は、一階と二階とで家庭内別居を始めたという。

「独身時代に戻ったみたいで、いいぞ。もちろん食事は一緒にするし、出かける時は彼女（妻）の部屋をトントンとノックする。昔デートに出かけた時を想い出すよ」

そのせいか、彼はいつ会っても昔のまま変わらず、今のほうがかえって生き生きして見える。奥さんは友達と店を開き、自分のおこづかいくらいは稼いでくる。

「僕のほうが家にいる時間が長く、お互い今までと違う生活が新鮮で楽しいよ」

自分たちで工夫すればいいのだ。

一人好きは自分のペースを崩さないから健康になる

我が家の場合も、寝室を分けることは成功であった。同じ部屋だと、自分勝手な行動ができない。いくら遅くまで本を読みたいと思っても、明かりをつけていては相手に迷惑かもしれないと気を遣う。

音楽についても同じである。イヤホンなどで聴くのではなく、遠慮なく好きな音量で聴きたいではないか。

つれあいの生活は、比較的朝が早く、したがって夜も早い。

私はというと昔からの癖が直らず、夜は遅く朝も遅い。朝の九〜十時、いや、前の晩によっては十一時頃まで寝ていることもある。なぜ夜が遅くなるかというと、私のプライベートな楽しみは夜の時間だからだ。

午前中はなんとなく過ぎ、頭がしゃんとしたところで、午後から仕事にかかる。原稿を書く時は夜の六時か七時頃まで。打ち合わせや講演、インタビューも全て午後である。朝は食べるとしても果物だけ。十二〜一時にお昼を食べ、夜は七時か八時、九時頃からNHKとテレビ朝日でニュース番組を見て、つれあいが自室に引き上げてからが自分の時間である。聴きたかった音楽を聴きながら、読みたいと思っていた本や書きたかった手紙に没頭できる、私一人だけの時間である。

つれあいは、ベッドで本を読みながら、そのまま寝てしまうらしい。

年をとると朝早くなるなどというのも、人によって全く異なる。

かつては夜も仕事をしたが、今はよほど間に合わぬ時以外はやらない。大事な一人時間を邪魔されたくないからだ。

つれあいは朝八時か九時には起きて、生のオレンジを絞ってジュースを作り、果物や野菜を切り、私の分も残しておいてくれる。

お互いのペースを崩さないようにしているから、不満もたまらない。自分に合った暮らしをすることが、長生きのもとである。

物書き仲間の中には、かつては夜型だったのが、すっかり朝型になった人がいるが、それが体にいいとは限らない。

五木寛之さんは夜型で有名で、仕事は全て夜だというが、今もそれを崩していないせいか、昔とあまり変わっていない。

浅田次郎さんは、酒を飲まないので毎日五時半起きというペースを守っている。酒を飲む飲まないでも時間割は変わってくるし、その人に合ったペースが一番いい。

年をとると睡眠時間は短くていいというのも、私にはあてはまらない。毎日八〜九時間は睡眠をとるよう心がけている。

前日の疲れや具合の悪い所は、たいてい寝て起きると治ってしまう。睡眠不足が一番こたえるので、そうならないよう気をつけている。

黒柳徹子さんに聞いた話だと、夜は十一時までに寝て、三時頃起き、そこから三時間ほど翌日の仕事の準備や調べ物をして、また昼頃まで寝るという。彼女の元気の源は八時間は寝ることだという。

二度寝という器用な真似は出来ないが、私にとっても睡眠の大切さは同じ。睡眠は三～四時間などとイキがっていてはいけない。自分のペースが必要だ。

夜遊び中に時計を見るな

マンションの入り口で、同時にタクシーを降りた。

「夜遊びしちゃったあ！」

と頰を紅潮させながら、その女性がいう。

私と同じ棟の、エレベーターでよく会う四階の奥様だ。少女のように無邪気で、可愛い。

「歌まで歌っちゃったのよ！」

よほどご機嫌だったのだろう。アルコールも入っている。

「私もよ」

と話を合わせながら、右側のエレベーターに一緒に乗る。

生き生きしたその様子に、こちらまで楽しくなる。同志がいた気がした。二人共午前様。こんなことは久しぶりである。

このところ、私も夜遊びが続いている。

ウィーンから帰国中の声楽家と食事をし、カフェで話し込んでいるうちに一時を過ぎていた。

次の日は、私がいい出しっぺになった作家の送別会。その後、麻布での二次会。物書き仲間で話が盛り上がった。

二晩続きということは最近では珍しい。さすがに疲れがたまるといけないので、続けないようにしているのだが……。

若い頃は、毎晩のようにどこかのバーの片隅に座っていた。誰かに誘われて行くことが多かったが、銀座なら一人で行く場所も決まっていた。

早めに行くと、たいてい先客がいて、それは作家の吉行淳之介さん。いつも一人だった。目礼して腰かけると、

「パチンコに行ってますか？」

お目にかかるたび、必ず聞かれた。

吉行さんの住まいのあった大井町線の上野毛《かみのげ》駅のすぐそばに、昔、小さなうらぶれたパチンコ屋があった。もちろん指ではじく旧式。私の実家も等々力だったので、そこで数回お目にかかったからだ。

夜遊びの最中、私が大嫌いだったのは、時計を見ること。

時計を気にする人は男でも女でも不愉快になり、時計を見るぐらいなら酒を飲むなといいたかった。

「酒はしづかに飲むべかりけり」

若山牧水の歌にあるように、夜遊びに出たからには存分に一人を楽しむべし。

時間を気にしていては野暮というものだし、つまらない。

一人になれる場所はこうして見つける

男と女、どちらが一人になりたがるか。人それぞれで決められないが、一般的にいうと男のほうがより一人になりたがり、女のほうが誰かと一緒にいたがる。

既婚者で子供もいる、知人男性の家を訪れた時のことである。公団住宅で部屋数も少なく、四畳半の部屋で休みの日を過ごすと決めているそうだが、不思議なものを目にした。

突っ支《か》い棒である。誰も自分のいる場所へ入って来ないようにするためだとか。外界を遮断して一人になって、本を読むのだそうな。それが至福の時だとか。なぜ突っ支い棒をするかというと、子供たちが時々のぞきに来たり、奥さんが声をかけるからなのだという。

気の毒になってしまった。家の中では、男は小さくなっているケースが多い。家はどちらかというと女房・子供のもので、男には居場所がない。

そのまま定年後に移行し、一日中家にいるようになると、みんなに邪魔者扱いされてしまう。

なければならない。

「男の居場所はどこにあるのか？」

情けないことをいわずに自分で探すなり、作るなりしなければならない。

なぜ男の居場所がないかといえば、家の中ですることがないからだ。自分にできそうな家事を何か一つでも見つければ、自然に居場所が見つかるかもしれない。

我が家では料理はつれあいが作るので、キッチンとダイニングの食卓まわりは、つれあいの居場所である。したがってキッチンの流しや調理台は、つれあいの背丈に合わせてある。

一七八センチと背が高いので、私には高過ぎるのだが、文句をいう筋合いはない。朝・昼・晩と料理を作る人に合わせるのが当然で、私の居場所はといえば、大きな机と本棚のある仕事部屋とリビングのソファぐらいだろうか。

芝生の庭のある一軒家なら、芝刈りや水まきは男の仕事。そうすれば一人浮き上がった存在にならないですむ。家の中に居場所さえ見つけておけば、定年後、居心地の悪い思いをすることはない。

居場所がない男は図書館行きが日課になるとも聞く。たしかに最近近くの図書館に行くと、定年後の男性が増えた。一目でホームレスとわかる姿もある。

図書館は暖かく、一人でいることに誰も文句をいわない。私も調べ物があると近所の有栖川宮《ありすがわのみや》記念公園にある都立中央図書館へ出かけていく。

私の好きな場所は、図書館の食堂である。公園の緑を見下ろしながらカレーライスなど簡単な食事を一人ですますと、学生時代に戻ったような気になる。

階段脇の日だまりでウトウトしてしまう時もある。邪魔するものはなく、読みたい本は無限にある。

私の隠れた一人になれる場所は散歩途中にある日赤医療センター敷地内の、看護大学用のテニスコートやホール前の広場。そこは夕日の射す日だまりになっていて、ベンチに腰かけ、私は持参した新聞や雑誌、本を広げて一人、楽しむ。最近は公園も増えたし、ベンチも常設されている。

誰も来ない私だけの秘密の場所。女性は家を離れ、外に自分の居場所を持ちたい。自分のための時間を愉しむために。

一人で行動できないと楽しみが半減する

一人で音楽会に行けない、劇場に行けない、映画館に行けない、食事に行けない……という人がいる。一人で出かけることを夫に許してもらえなかったりして、一度でいいから一人で出かけたいと願うらしく、その人たちへのアドバイスをとある女性誌から頼まれた。

私は驚いてしまった。夫の許しを得ないと何も出来ないようにしつけられているのだろうか。

そうではないだろう。夫が不在の時はいくらでもあるし、出かける気になればいくらだって行ける。結局本人の問題ではないか。一人で出かける勇気がなかったり、その決断が出来ないだけではないだろうか。

経済的な理由もあるだろう。家計が厳しいから、自分だけ出かけることに気兼ねをする。その結果ストレスがたまり、夫や子供に辛く当たるくらいなら、思い切って出かけたほうがすっきりする。

やりたいことのためには、パートに出るなり、家計をやりくりして毎日少しずつ貯めたっていい。

先日、「徹子の部屋」に出演した時の野際陽子さんの話に深く思うことがあった。野際さんは昨年肺ガンで亡くなったが、NHKアナウンサー時代の一年先輩で、転勤先の名古屋の寮の隣同士の部屋で一年間暮らしたので、よく知っている間柄だ。

野際さんは弟妹が多い長女だったため、ピアノを習いたかったが、ピアノを買うゆとりが家にはなかった。戦後の日本ではピアノのある家はまだ珍しかったが、なんとかピアノを買いたいと、仕事を始め結婚してからも、ずっと五百円玉貯金をしていたというのである。

五百円玉が手に入った時だけ貯金をするピアノ貯金。売れっ子の女優さんにそんな苦労はないとお思いかもしれないが、結婚後は当時の夫の事業に協力すべく地方のキャバレーで歌を歌うこともあった。私が偶然、列車の中で会った際に聞いた話だ。

私の面倒もよく見てくれるなど姉御肌のところがあったから、夫の夢もかなえてやりたかったのだろう。

なかなか自分のピアノを持つという夢にまでは手がまわらず、思いついたのが五百円玉貯金だったという。健気でユーモラスな話ではないか。

どのくらいかかったのかは知らないが、やっとグランドピアノを手に入れ、時に弾いていた。

ご自宅に焼香に訪れた際、そのピアノが広間の真ん中に置かれていた。私は思わず涙ぐんだ。何事も人に頼らず、自分で解決する人だった。彼女は孤独を知っていたと思う。そういう人が、私が社会に出た時、すぐそばにいてくれたことの大切さを改めて思う。

やりたいことがあったら自分で方法を考え、実行に移すのだ。有名人だから、女優だから何でも出来るわけではない。

誰もが、自分がいる場所で戦っている。誰かが助けてくれるのを待っていたり、環境が変わるのを期待してはいけない。自分で出来る方法を、自分で考える。そのためにも独りの時間が大事である。

山麓で自然界の孤独を知る

軽井沢の山麓《さんろく》に山荘を持っている。夏の冷房が苦手なので、旧軽井沢の愛宕《あたご》山麓に簡素な家を見つけた。それまで何を見ても気に入らなかったのが、一目見て「買います」と言ったのは、表から見た質素さに比べ、中の空間がなんとも豊かだったからだ。それが偶然、吉村順三設計と知った時の驚き。アメリカの宣教師の娘エロイーズのために作ってから十年以上たっていた。土地代だけで家の値はタダに近く、私はその山荘を手に入れた。

軽井沢は学生時代も放送の仕事をしていた時もたびたび訪れていたが、たいていホテル住まいか友人の別荘。せいぜい二、三泊だったから、万平ホテルの最上階に一つだけあったシングルの部屋や、今は見学のみとなった旧三笠ホテルの猫足のバスタブのある部屋などに泊まった。

物書きの仕事をするようになってからは、長く滞在して原稿を書く場所がどうしても必要になった。

愛宕山に向かって最後の急坂を上った所、フェアビュー（すばらしい眺め）と呼ばれた場所、落葉松の高い梢を通り抜ける風の音、雨の匂いの中にいると、自然の一員である感覚をとり戻せる。

四十雀《しじゅうから》、五十雀《ごじゅうから》、アカゲラ、アオゲラ、オオルリ、コルリなど様々な鳥や、狐・狸・テン・兎・リスなどの獣たちがすぐそばにいる。猪も群れをなして歩いているし、熊だっている。ニホンカモシカが隣の庭から顔をのぞかせていたことも……。

昼はいいのだが、夜の静けさといったらない。シーンという音が耳の奥で鳴り、外へは出歩けない。

軽井沢へはたいていつれあいと一緒に行く。夜は車で移動するから怖さを感じることはなかった。

そこで原稿を書くためには、一人でいなければならなくなった。

最初は覚悟がいった。夜を過ごすのは淋しいに違いない。一人で大丈夫だろうか。そんな想いを乗り越えて、ある日、つれあいが帰ったあと、一人で過ごしてみた。夜は眠れないかもしれないから、精神安定剤も用意した。夜、隣の庭の茂みでガサガサ音がする。一段上の家から微かに動く獣の気配。秋、深い森に月が輝き、厳しい冬への前奏が始まっていた。

耳をすますと土を掘る音……冬眠前の熊だろうか、猪だろうか、昼見ると苔が掘り返してあった。今夜もその続きを試みているのだろう。

窓を開けると、凍りつくような冷気が入り込み、ひたすらみみずなどの餌を求める獣たちの生きざまに触れた気がする。どこか神々しささえ感じるその姿を想像し、隣にいる同じ動物としての自分を実感した。

すでに夏の避暑客は人影もなく、動物や植物たちと、自然の中に取り残された恰好だ。この自然界の中に私一人、ここは獣たちの世界だ。夜行性の動物の目が光る。熊も徘徊する。鵺《ぬえ》とも言うトラツグミの声が低く長く続いている。

山麓は獣や鳥たちの住処。人間はそこにお邪魔しているだけだ。ひっそり息を潜めていなければならない。最初のうちは、ちょっとした音にもびくついていたが、馴れてくると、親しみを覚え、でんと構えることが出来るようになった。

一度経験してしまうと、開き直ってこの闇を、一人占めしている快感にひたれるようになった。

最近はむしろ一人でいることが心地良い。この山麓まで闇の中をやってくる人間はいない。ほんとうに怖いのは人間であり、自然のほうからいたずらはしない。そのことを信じられるようになってから、軽井沢の孤独は格別だと感じるようになった。一線を乗りこえることで、自然界の孤独を知ることが出来たのだ。

アイボ君で孤独は解消する？

テレビを見ていたら、ＮＨＫから民放まで軒並みアイボ君が戻って来たというニュースをやっていた。

アイボ君とはロボット犬のことで、ソニーが作ったアイボ君はしばらく前に発売され、人気を集めた。

手に抱くことが出来るほどの小型犬で、その姿からして愛らしい。名前を呼ぶと反応もするし吠えもする。体を自由に動かしてお座りもするし、お手もする。のびをしたり、ボールと遊んだりと、実によく出来ている。

表情がものいいたげで、抱きしめたくなる愛らしさがある。一匹ずつ全く違っていて同じものはないとか。作り手が愛情込めて個性を大事に作りあげたのだろう。

スタジオで遊んでみせる女子アナたちの声や、かける言葉を聞いていると、愛情に満ちていて、彼女たちもすっかり気に入っていることがわかる。

私も正直いって可愛いナと思った。こんなのがそばにいたら、面倒くさい感情がないだけに面白いかもしれない。

製作者たちの話によると、情報を沢山与えれば、知識も増え、感情も生まれて、老後のパートナーとして最適かもしれないという。その証拠に、かつてアイボ君を求めた人々は、どこか故障すると、病人を介護するかのごとく面倒を見て、修理を頼んでいるという。

一時製造が中断したために、修理を諦めていた人々もいたが、これも再開した。

なぜ、今またアイボ君なのか。

それだけ一人ひとりが切り離されて、孤独なのではないか。孤独をいやすために、いやでも他人とつながらねばならず、アイボ君のような相棒がいれば、どんなに心が安らぐことか。

ＡＩの技術もどんどん発達しているだけに、これからどんなロボットが登場するか、楽しみでもあり恐ろしくもある。

犬に限らず猫、りす、鳥など様々な愛玩用動物のロボットが登場しても不思議ではない。

そのうち会話が可能になれば、下手な人間よりはずっとパートナーとして適しているかもしれない。

ペットロスの淋しさは人間以上という人もいるくらいだから、その悲しみを背負わなくてすむ。

ほんとうにそうだろうか。アイボ君を見ていると、それではすみそうにない。もっともっと精巧になれば、こちら側の感情も刺激され、平気でいられるとは思えない。子供の時、愛して抱いていた目を開閉する人形のことを考えてみても、ＡＩだからといって感情移入しないとは限らない。

最近聞いた話では、ペットロスに陥った人のためのクローン犬やクローン猫が出来つつあるとか。はたしてそこまでいっていいのだろうか。

第四章

孤独と品性は切り離せない

年をとると品性が顔に出る

年をとるにつれて、だんだんいい顔になる人といやな顔になる人がいるが、その差は品性にあると思う。歳と共にその人の持っている内面が見事に表情にあらわれてくるからだ。

それまでは若さの持つ輝かしさや元気さが、多少のいや味を消してくれるが、肉体的衰えがだんだん外に出て隠し切れなくなると、中身がもろにあらわれる。

その時までに自分の内側の声に耳をすましておかないと、惨めなことになる。本人は自分の惨めさに気がついていないから、ますます無残である。

品とは何か。お金があっても買えないし、体力があっても作ることは出来ない。精神的に鍛え上げた、その人にしかないもの。賑やかなものではなく、静かに感じられる落ち着きである。

〝﨟長《ろうた》ける〟という言葉があった。もう死語になりつつあるが、その意味は洗練されて美しくなる、優美で品がある、ということ。

薦長けた女性がかつてはいたものだが、とんと見かけなくなった。自己主張の強い女性は増えているが、自分の考えや意見を何度も練って、研ぎすましていく、そういう作業を経てこそ品は出てくるもので、言葉を選ばずに発言するだけでは空疎でうるさいだけだ。

私も出来れば薦長けた雰囲気を身につけたいと思ったが、世の中の変化にともなって、その表現は使われなくなってきた。

薦長けた人がいなくなったから、表現する言葉がなくなったのか、言葉が使われなくなったから、薦長けた人がいなくなったのか。

言葉は常に現実と共にある。そのうち「いいね！」しかいえない人ばかりになるのではと考えると恐ろしい。

品とは恥と裏腹にある。恥とは自分を見つめ、自分に問うてみて恥ずかしいかどうかである。

他人と比較して恥ずかしいというのは、ほんとうの恥ずかしさではない。例えばお金がない自分を他人と比較して恥ずかしく思うことなど。

自分の生き方さえしっかりしていれば、他人に何といわれようと恥ずかしくないはずだ。自分の価値観に照らしてみて、恥ずかしい行為をした時は、自らを深く恥じて、二度と同じことをくり返さないようにする。恥と誇りとは表裏一体である。

自分を省み、恥を知り、自分に恥じない生き方をする中から、誇りが生まれる。それがその人の存在を作っていく。そして、冒すことの出来ない品になる。

いつもいつも外へばかり目が向いていると、誇りも恥も生まれては来ない。

黙ってじっと自分の内側と対峙《たいじ》している人には、外の人間が入り込めない雰囲気があり、それがオーラとなっている。

一見、孤独と品とは関係なさそうに思えるが、品とは内から光り輝くものだと考えれば、輝く自分の存在がなければならない。

自分を作るためには、孤独の時間を持ち、他人にわずらわされない価値観を少しずつ積み上げていく以外に方法はないのだ。

孤独を知る人は美しい

では実際に孤独を知る人とは、どんな人たちか。わかりやすい例をあげると、大リーガーのイチロー、元サッカー選手の中田英寿など、鑑賞にたえる男や女である。他の人にはない、一種の静けさを漂わせている。

二人ともマスコミ嫌いといわれているが、イチローにインタビューした知人によると、自分の言葉が見つかるまで黙っているという。

スランプといわれた折、こういった。

「自分の中で確かめられているから、ヒットにならなくても慌てない」

打席に立ってまっすぐバットを立てた瞬間は、宮本武蔵か佐々木小次郎など剣豪の風情がある。

間があいた後に、ぼそっと一言。その言葉には重みがあり、誠実さがある。

中田英寿は、サッカー選手をやめた後、世界を旅し、自分のやるべきことを探して歩いた。最後の国際試合に負けて、ただ一人芝生に寝ころがり空を見ていた姿が忘れられない。

「自分で考えることが大事」と現役時代からよく語っていた。

そういう男たちは美しく、品をたたえている。

もう一人、私が好きなのは野茂英雄。誰も大リーグなどへ行かぬ頃、あたりの雑音を気にせず、ただ一人敢然とアメリカに渡った。今の日本選手の活躍の元を作ったのである。

彼も無口だが、独特の投球トルネードの折に見せる目が好きだった。体を大きくひねるために、白目がちになるのだ。そこには決意のようなものがあった。

女の場合にも同じことがいえる。

私の好きな歌手を例にあげると、山口百恵と安室奈美恵。全く違うタイプの歌手ではあるが、それぞれが自分の内側に耳そばだて、自分の声を聞きながら歌い行動している。

山口百恵は、デビュー当時から全く媚《こ》びを感じさせなかった。

「あなたに女の子のいちばん大切なものをあげるわ」

「ひと夏の経験」という際どい歌詞の歌を、十五歳で全く怖気づくこともなく、ニコリともせず歌い切った見事さ。

「おぬし、何者?」と思って注目していたら、一曲ごとに成長し、自分の世界を作りあげていった。

「プレイバック　Ｐａｒｔ２」など百恵の歌を作り続けた宇崎竜童、阿木燿子夫妻に曲を依頼してきたのは百恵自身の意志だったと、阿木さんと対談した際、直接聞いた。

二〇一八年で引退を決意した安室奈美恵。ほとんどテレビに出ず、ステージで、語りもなく歌い踊り続けるその凄さ！　去年暮れの紅白に特別出演し、引退を語り、「Ｈｅｒｏ」を熱唱した。白いシンプルな衣装に身を包み、白い枠で出来た橋のようなセットを一つずつくぐりぬけて歌っていった。

その毅然とした姿は、多くの歌手がひたすら媚びを売る中で、全く違う印象を与え、私の記憶には彼女しか残っていない。愛らしい十四歳でデビューし、一曲ごとに自分のスタイルを確立し、今に至った。

山口百恵もそうだが、安室奈美恵も歌詞をいかに大事にしているかがよくわかる。おそらく自分に何度も問いかけた結果なのだろう。

二人共、決して恵まれた環境に生まれたわけではなく、山口百恵も経済的に恵まれてはいなかった。安室奈美恵は沖縄で育ち、母を殺されるという悲劇の主人公である中で毅然と立ち、その存在を示す。

品とはそうした潔さでもあるのだ。

万人を魅了した大物歌手はみな孤独

山口百恵の落ち着き、自己判断の確かさ、しかもあの若さで人生を切り替えて引退する決断。マイクを静かにステージに置き、華やかな世界に別れを告げたのが二十一歳の時だったということを思うと、ほんとうに驚いてしまう。

絶頂期に引退して三浦友和と結婚し、以後一切マスコミに登場しない。その生き方の見事さ、潔さ。

百恵が引退直前に語った言葉が朝日新聞にのっていた（二〇一八年一月十三日）。

インタビューで美空ひばりと本質的に似ているのでは、と聞かれ、こういった。

「はっきりいって、似ていて欲しくないですね。（中略）あそこまで孤独になってしまいたくない」

孤独を知っている人だからこその言葉だ。多分子供の頃から百恵は孤独だったのだろう。誰も助けてくれる人のいない中で、耐えることを知り、自分を作りあげてゆく強さを身につけている。

あの度胸と気持ちの強さ、媚びもへつらいもない自分を孤独の中で作りあげた。だからこそ出たセリフだろう。

「あそこまで孤独になってしまいたくない」とは、頂点をきわめつつ、プライベートでは心のときめきや感情を持ち続けていたい。人間としての自分まで歌に捧げてしまいたくない。まだ若い百恵がそう思ったこともよくわかる。

早くから様々な人生を知ってしまったからこそ、一つの救いのように、友和との結婚に賭けたのだ。なんとも恰好いい。

では結婚により、百恵は孤独から救われただろうか。二人の男の子も成長して我が道を行き、夫は熟年の味を出す得がたい俳優になった今、何か考えることがあるか聞いてみたい気がする。

百恵がコメントした美空ひばりの孤独とは何だったろう。ひばりには歌しかなかった。その凄絶さが、滲み出ていた。

だからこそ、私たちの心に響くのだ。人生は全て歌であり、結婚しても歌しかなかった。歌そのものが人生だったことは、子供の頃から亡くなるまでの人生を見ればよくわかる。

私は偶然、美空ひばりと誕生日が同じ五月二十九日である。星座でいえば双子座、生年はその通りだとすれば、ひばりが昭和十二年、私は十一年で同年代である。

戦後の混乱期、歌のうまいこましゃくれた子供が、またたく間にスターになった。それは小学生から中学生になった私たちの間でも大流行し、歌が好きだった私は、中学のクラス会でひばりの歌を熱唱し、風邪を引いていたこともあって、その日から一週間全く声が出なくなったことがある。

「悲しき口笛」「越後獅子の唄」「私は街の子」など初期の歌からほとんど全て憶えている。彼女は時代を背負った歌手だったのだ。

先日、ひばり特集を見たが、一時期スキャンダルに巻き込まれ、紅白歌合戦に出られず、何年もの間、新宿コマ劇場で大みそかの同時間、ワンマンショーを開き続けた。その反骨、気迫、当時のライブ録音の凄さに、今さらながら唸ってしまった。

ひばりは一卵性母娘といわれた母親を亡くしてから、どんなに孤独だったか。母親がプロデューサーであり、マネージャーであり、プライベートな相談相手でもあった。昭和の歌姫として常に喝采に包まれながら、彼女はいつも孤独で、親しい人によれば淋しさを酒で紛らわしていたという話もある。

喝采に孤独はつきものである。孤独に耐えてすっくと立つ姿が、人々の喝采を受けるのである。

孤独を知らない人に品はない

品とは言葉を換えれば、「凜とした」とか「毅然とした」という意味だろうか。

品とは育ちの良さや金の有無とは関係ない。

こんなことをいうとどうかと思うが、アメリカのトランプ大統領に品を感じるか。メラニア夫人にも。

トランプ大統領の価値基準は常に金で、重視するのは経済効率のみ。彼は孤独を感じたことがあるのだろうか。大統領という職務は最終的に一人で判断せねばならない、もっとも孤独な立場であるはずなのだが、彼のまわりは家族や支持者だけで固めつくされ、気に入らぬとやめさせる。これまで何人の閣僚がやめていったか。

自分やアメリカに損になるものは全て排除。そこに品など生まれようがない。移民をはじめ、自国・自分に損になるものを認めず、思いやることも出来ぬ中からは。

かつてケネディ大統領は、キューバ危機で核が使われそうになった時、自らの決断で当時のソヴィエト首相フルシチョフと直接電話で話し合い、その危機を回避することが出来た。

トランプ大統領はエルサレムをイスラエルの首都と認め、大使館を移すなどと発表したが、とんでもない。私はかつてエジプトに暮らし、ヨルダンからアレンビーの橋を渡りエルサレムに行ったことがあるが、行ってみて初めてわかったことがあった。

エルサレムはユダヤ教、古代キリスト教の一派のコプト教、キリスト教、イスラム教それぞれの聖地であり、それらの宗教は同じ荒地から生まれた兄弟宗教であるということだ。

エルサレムはそのどれかの聖地ではなく、全ての聖地であるからこそ特別の場所であり、キリスト教徒やイスラム教徒など、どの宗教の人もお互いを認め合って生きているのだ。

それをわざわざ断絶することは、混乱を呼ぶだけである。

現在キリスト教とイスラム教は相反し、憎み合う対象のように思われているが、近親憎悪に近いもので、ほんとうは一番わかり合えるはず。なのにイギリスをはじめとする植民地政策のおかげで、パレスチナはイスラエルと同じ土地を奪い合い、いさかいが絶えない。

悲劇としかいいようのない両国の和平を進めるのが、アメリカをはじめとする大国の義務のはずだが、自国の利益だけを優先する政策に、品など感じられるはずもない。

アメリカの大統領の判断は、世界に影響を及ぼすだけに、深い考えや知恵に裏づけられた哲学や思想が欲しい。

あの金ピカのトランプタワーやパームビーチの別荘は、およそ品とは縁がない。

アメリカでもっとも尊敬される人物というと、今も前大統領のオバマ氏であり、トランプ大統領ではないという。

では、なぜアメリカ人の多くがトランプ大統領を選んだのか。強気の発言に惹かれただけで「今でもアメリカ人はカウボーイ風のマッチョな人が好きだから」というのは、アメリカ人と結婚した友人の言。彼女は二〇一七年十月に一時帰国したが、共和党支持のはずなのに、私の顔を見るなりトランプ大統領について嘆いていた。

オバマ前大統領が広島を訪れた際、仕事で岩国にいた私は、前大統領が発した声明の一語一語に感激した。そこには前大統領が一人の人間として、孤独の中で考え発した、本物の言葉があったのだ。

品のある人はどこが違うのか

「一枚の繪」という絵画の雑誌で画家へのインタビューを連載していた時のことである。洋画家の小杉小二郎氏の目黒の自宅を訪れた。背の高い素敵な男性だが、有名な洋画家・小杉放菴《ほうあん》の孫で、パリの郊外にも家を持っていた。

有元利夫の展覧会で出会ったのだが、小杉氏の空間を生かした絵やコラージュに興味があった。なぜならある種の品を感じたから……。

小杉邸の玄関を入ってすぐに、バルチュスの小品《しょうひん》がかかっていた。一番好きな画家だという。品格、構図、不気味さがその理由だった。

そこで私は、品とは何かと聞いてみた。

「引くということ。ピカソの絵にもそれがある」

ピカソの絵は、一見派手で、一生のうちに表現方法が何度も変わった。青の時代やキュビスムなど変化があらわれる。全て自己主張と思えるけれど、ピカソの絵にはその奥に客観的に絵を見ている自分がいる。

これでもかこれでもかと自己主張するのでなく、絵の奥に、自身の存在が感じられるかどうか。

「人に好かれたいと媚び、相手におもねったものは美しくない。そういう芸術は下の下であり、絵の奥にその人自身が感じられるからこそ、その絵に惹きつけられる。惹かれる理由は、引いているからなのだ」と小杉氏は言う。

惹かれるものには品があり、職業が何であろうと、人間の品というものは隠すことが出来ない。

「引いている」という言葉には重みがあった。自分を前面に出し過ぎない、自分を確かめるということだろうか。その言葉を聞いて私も自分を省みる。自分は「引いている」だろうか、と。

私の場合、体が弱く、子供の頃から人とつき合うことが出来なかったので、仕方なく引いているだけではないか。自己主張したいという思いばかりが先行し、その出口さえ見つからぬままに悶々と自分の中で堂々めぐりを続け、そんな自分を人に悟られてはならじと鎧《よろい》を身につけ、「引く」ということにつながったのだろうか。

そうした私の性格が、何の悩みもなく人前にしゃしゃり出てお喋りをし、女王様のように男友達や女友達の中に君臨する噂好きな人よりは、「引く」を知ることに役立ったのは幸運だったといえる。

良寛さんは孤独の達人

孤独を実践するとはどういうことか。

私はかねてから興味のあった、江戸時代後期の僧侶、良寛《りようかん》の住居を訪ねたことがあった。

日本海に面した越後国（新潟県）の出雲崎の庄屋の家に生まれ、何不自由なく育ったのに、家を離れ、中国地方の寺で修行し、放浪の末、故郷、越後に戻ってくる。

そして西蒲原郡《にしかんばらぐん》の国上山《くがみやま》の中腹、杉木立に囲まれた中に五合庵を建てた。

たった一間の住いはこの上なく簡素で、片隅に炉が切ってある他は墨染の衣が壁にかかり、托鉢用の鉢と子供が遊びに来た時のためのまりの他には何もなかった。

晴耕雨読、町へ托鉢に行く他は訪れる人がなければ、いつでも一人だった。

五合庵の縁先に腰かけても、淋しさや孤独は感じなかった。

春先だったか、紅椿が二輪ほど咲いていて、少し日が長くなった暮れ時、なんとなく幸せだったのを憶えている。

なぜだったのか。良寛の持つのびのびとした自由な生き方がそう感じさせたのだと思う。

一人で旅をした歌人、俳人や、独居の僧、文人たちは多くいるが、いずれも修行のためであったり、自分を戒めるためなど苦しそうであったり、あまりに崇高で、とても真似が出来ないと思えるものが多い。

良寛も思春期から一人悩み続けたはずだが、人間味が感じられ、私の母の故郷が新潟なので、子供の頃から良寛の話を聞かされ、親しんでいたからでもあろう。

「親をにらむと鰈《かれい》になる」

といわれた良寛が海岸の岩陰で「まだ鰈になっていないか」と人に問いかけたというユーモラスな話などよく憶えている。

「良寛さん」という時、母は友達でも呼ぶように親しげだった。

焚くほどは風がもてくる落葉かな

良寛の許を訪れた時の城主が、有名な寺の住職にならないかと誘った時、やんわりと断った句である。

「毎日火を焚き暮らせるほどの落ち葉を風が持ってきてくれますから、これで充分です」

という意味である。「足るを知る」というべきか、そこには自然と共に生きる良寛の誇りがあった。

彼が遺したのびやかな字に私は憧れを抱くものであるし、短歌や漢詩、そして折々の言葉にはげまされている。

日本は災害の多い国である。

災害にあった時にはどう対処すればいいかと人に問われて、良寛はいった。

災難に逢う時節には逢うがよく候……。これはこれ災難をのがるる妙法にて候

災害にあう時はあうのだ。それを考えて、びくびく暮らすよりは、開き直ってしまえば、落ち着いて過ごすことが出来る。

良寛は孤独ではあるが、いつも人々に慕われていた。村の子供たちはまりをつきに山を登ってくるし、托鉢に出れば、良寛さまといって待っている人々が食物や必要なものを持って来た。良寛は求められるままに話をし、書を書いた。

そこには修行というより、のびやかな孤独がある。出来るなら私ものびやかな孤独を持ちたい。

里へ下りると待っていてくれる人がおり、泊まれる知人の家もあった。その上に貞心《ていしん》尼《に》という弟子のような女性も。彼女とは歌を詠み交わし、最後まで心を通わせ、一説には深い仲にあったともいわれる。

いよいよ病が重篤になった時、すすめられるままに里に下り、親しい家に世話になった。最後まで貞心尼がついていたことはいうまでもない。

人々を拒絶するのではなく、受け入れながら孤を守り、自由であること、私もそれを目ざしたい。

孤独という自由を手に入れ、その心境で迫りくる老いを自然に受け入れていけたら、どんなにいいか。出来るかどうか、私自身の中に答えはある。

「来るものは拒まず、去るものは追わず」

「来るものは拒まず、去るものは追わず」が私のモットーである。

来るものは拒まずのほうは、おおらかな気持ちが必要になる。人間には好き嫌いがあり、私はカンで決めるところがあって、好きな人やものは決まってしまいがちである。そのカンは当たっていることもあるが、間違っていることもあり、つき合いが深まるにつれ親しみを増す人もいる。

年下の人の中にも、それを見つけることが多い。必要以上に親しくなろうとは思わないが、心の奥で嬉しがっている自分がいる。

逆に、親しかったのに、なぜか去っていく人もいる。

孤独とは他人とのかかわりによって感じるものでもあるので、私の許から人が去っていくのは淋しい。そういう人は例外なく向こうからやって来て、頼みもしないのに私の身のまわりに気を配り、気を遣っては様々なことをやってくれる。

私は一人娘で母から甘やかされて育ったので、当然のようにそれを受け入れ、それが当たり前になったあたりで、ふっと姿を消されると呆然としてしまう。

かつて母と同郷の編集者が、私の面倒をなにくれとなく見てくれ、私もそれに甘えていた。母が亡くなる前後も、その人がいなかったらどうなったかと思うほど、母のことを気にかけてくれた。

運悪く、母が脳梗塞で入院した時、私は三十九度の熱を出して呻《うめ》いていた。私にかわって彼女が病院に通い、亡くなった日も、一日中ついていてくれた。何とお礼をいっていいか、わからないほどだった。

ところが葬儀やら一周忌がすんだあたりで、「私の出来ることはもうない」といって私の前から姿を消した。ショックだった。美しく仕事も出来、情にも厚かったが、何か思うところがあったのだろう。

彼女に何か悪いことをしたのかと考えるが、思い当たる節がない。後で聞くと、私の尊敬する女性の作家ともかつてずっと親しくしていて、ある時からパタッと行かなくなったとか。

パーティなどで見かけても、向こうから近寄っては来ない。

そういう人が他にも二人いて、一人はやはり健康雑誌の編集をやっていて、仕事とは別に、プライベートでも自分のいいと思う医者を紹介してくれたり、なにくれとなく世話をやいてくれた。

私は気がつかないほうだから、充分感謝していてもうまく表せなかったのか、ある時からパッタリ来なくなった。そのかわり私が紹介した女性と特別親しくしているなど、よくわからない。

最初は淋しい気がした。しかし、それはその女《ひと》の意志なのだ。私の入り込む余地はなく、もしどこかで私が頼っていたとしたら、私が甘かったのだ。

「来るものは拒まず、去るものは追わず」

いちいち心を惑わせていては、生きてゆけない。多くの人はそこで傷ついたり深追いして、なぜだか知ろうとして深みにはまっていく。人間関係はさらりとやり過ごすしかない。

そう悟ってからは、私のまわりに寄ってくる人々とのつき合い方を変えた。

結局、残った友達を見ると、みな孤独を知った人たちである。

前にも書いたが、大学時代の同級生に数年前七十五歳で芥川賞をとった黒田夏子さんがいる。

学生時代、べったりくっついていたわけでもないし、お互いの身の上など話されれば聞くが、詳しく知ろうとせず、いわゆる世間話などもしたこともない。

同人誌で一緒になり、同じ匂いのする人として私の中で特別の存在ではあったが……。今も葉書でのやり取りが多く、本を贈ったりするが、彼女が小説を書き続けていることが私にとってどんなにはげみになっていることか。

黒田夏子さんとの共著『群《む》れない 媚《こ》びない こうやって生きてきた』（海竜社）での対談で、五回続けて様々な話をし、毎回東京駅で別れた。そこで彼女はタクシーを降りると、振り向きもせず信号を渡っていった。その後ろ姿のなんと毅然として孤独だったことか。

大きな決断をする前に人に相談するな

その時、自分で決めたかどうか。孤独な決断を迫られる時は、辛くもあるが、それによってその後の人生は決まるといっていい。

六十代の終わり頃、七十の足音が近づいてくることに耳を澄ましながら、私はある予感に慄《おのの》いていた。何か大きな変化がある。それが何であるかはわからぬが、ひたひたと近づいてくる音だけは確実に大きくなっていった。

そういうカンだけはいいと自信を持っていうことが出来る。そのカンにしたがって今まで生きてきたようなものだから。

思いもかけぬ形でそれは姿をあらわした。ある日、私が運営委員を務める、日本自転車振興会（現・公益財団法人ＪＫＡ）の会長から電話があった。ちょっと相談したいことがあるので、ホテルまで来て欲しいと……。

委員会では詳しい意見も聞けないので折入って話を聞こうというのだろうと、疑いもせずに私はのこのこと指定された場所に向かった。

他の客からは隔絶された奥の日本間に席があり、そこに経済産業省の車輛課長と自転車振興会の会長が待っていた。自転車振興会は、その頃は経産省の特殊法人であったから、私は車輛課長もよく知っていた。

切り出された話は思いもかけないものだった。現会長の後、会長職を引き受けてくれないかという。即座に「とんでもない」といっていた。

組織の長など、もっとも私の苦手とする向かない仕事だと思い込んでいた。かつてＮ

HKという特殊法人の大組織の端くれに居たことはあるが、その時はアナウンサーという個人の色彩の強い仕事であり、組織の一員という意識などほとんどなかった。

日本自転車振興会はそれまで経産省で次官を務めた人の次か、その次の優秀な官僚が天下りする先であり、その時の会長も東大法学部出のエリート。私は共同通信社の友人に連れられて競輪を見に行き、その感想をエッセイにしたのが縁で、運営委員を委嘱されて御意見番を務めていたのだ。

小泉純一郎首相の時代で、特殊法人改革のため、官僚の天下りをやめ、外部から登用することになり、女性がよかろうという話になったとか。当時、ボート（競艇）に関連する日本財団の会長を、作家の曽野綾子さんが務めていたこととも関係があったのかもしれない。

運営委員の名を見ると、まず私の名があったので白羽の矢が立って、閣議決定もされようとしていた。

私の知らないところでことは進んでいた。

最初は全くピンと来ず、他人事のようで断ったが、何度目かの話し合いの後、なぜ私が必要とされるのかを真剣に考え出した。

必要とされることは、嬉しいことだ。ずっと私は個人として生きてきたが、この辺りで組織や社会にかかわることを、もう一度考えてみようと思った。他ならぬ私もその一員なのだから。

誰にも相談せず、自分の考えが固まるのを待った。そして、私の中で気持ちは決まった。それには三つの理由があり、一つめは、競輪という公営競技から上がってきたお金を福祉などにどう使えるか。とりわけ私は文化の振興に役立てたかった。二つめは官僚の支配下にある男社会で、女の私がどこまで何が出来るか。そのチャンスはまたとないだろう。三つめは、組織を知ることは男を知ることになる。私がものを書いていく上で、それはもっとも欠けている部分だった。

それから二人の人物に相談という形をとった。相談といっても、決断した後の確認と報告だった。つれあいは「何かことが起きた時、責任をとれるか」といった。

もう一人、曽野さんと親しいある出版社の社長は「やりなさい」と。

いずれも背中を押されただけで、決断は私が一人でした。だから責任は全て私にある。

孤独な決断だったが、それを後悔したことは一度もない。

孤独でないとカンが鈍る

私には苦い経験がある。二十八歳の時だった。

自分で決断の時とわかっていながら、時機を逸してしまったことがある。

NHKのアナウンサーだった頃、組織の中で行きづまり、独立の時が近づいていると感じていたタイミングで、恰好の話が持ち込まれた。

民放ではじめて女性をメインのキャスターに起用した毎日のニュース情報番組に抜てきしたいという申し出だ。私には、飛ぶ時だとわかっていた。

一生、自分で自分を養っていくと決めていたし、将来物書きになるためにも、このままずるずるとNHKにいては、足をとられることが目に見えていた。それなりに恰好悪くもなく、安心して生活も出来るその職業をやめて独立するのは、危険が伴うことは百も承知。しかし私の中で「今だ！」というカンは確かだった。

それなのに、私は飛ばなかった。いや飛べなかったのだ。

当時私は、一生に一度の大恋愛中であった。仕事もプライベートもこの上なく充実して忙しかった。なぜか悪いことも良いことも集中して起きる。順序よく一つひとつは起きてくれず、何もかも一緒に起きてしまうのだ。

心の中で決断していたのに、私は最終的に、恋人にその話を告げた。

すると彼は、次に会った時にこういったのだ。

「母が反対している。ＮＨＫにいた方がいいと……」

それは母親の意見だったろうが、暗に彼の意見を代弁していた。彼の母親を私もよく知っていたし、二人の仲の良さも充分にわかっていた。

その時は気づかなかったが、その後の彼の行動を見ていると、やはり危険を冒してまで飛ぼうとせず、多分にコンサヴァティヴな人だと実感させられた。

私には自信がなかった。彼との恋について結婚という形に辿り着く自信が。

私は彼の芸術に惚れ、恋に恋していただけだった。もともと私は生活に向いている人間ではなく、惚れてはいたが、彼と生活したくはなかった。

惚れ過ぎていて、彼の前では、自分が自分ではなくなっていた。

彼が賛成でないならと、私は泣く泣く諦めた。私が自分で決断せず、他人に判断を委ねた、たった一度の出来事だった。

しかし、それほど惚れていたということは、私の人生において、この上なく貴重な出来事でもあった。その結果、私は飛ばなかった。そして、仕事も恋も失ってしまったのだった。

私は自分のカンにしたがわなかったことに悩み、その後、神様がもう一度与えてくれたチャンスに飛んだのだが、すでに時は遅く、私の仕事はうまくゆかず、同時に、勉強するため外国に旅立った恋人とは別れることになった。

全ての責任は、私が自分で決断しなかったことにあるのだ。痛いほどそれがわかっていた。もう二度と他人の言には惑わされない。何事も自分で決め、自分で責任を持つ。それならば諦めもつく。他人への相談はあくまでも、自分の意志の確認でなければならない。

その後、大きな変化もなく、日々は過ぎた。劇的なことは何も起こらず、私のカンが強く働くこともなかった。

そして七十歳を前にして久々に、心の中の声に耳を傾けると、私自身がこういった。

「飛びなさい。今が飛ぶ時だ」

だからこそ、私は決断したのだ。

組織のトップはみな孤独

組織嫌いが組織のトップになるとは、夢にも思わなかった。しかし自転車振興会の会長を引き受けると決めたからには、全力を尽くさねばならない。外部から見て意見を述べるといった無責任なものとは違うのだ。

どうやらたいへんなことであるようだった。着任するのは当初、七月頃の官庁の異動期のはずだったのが、いっそ年度替わりの四月からと急にいわれ、その間、すでに約束した仕事はあるし、準備期間も全くない。それだけは、とこちらの立場を通し、特殊法人とは何か、公営競技とはという基本的なことから、役所と法人との関係などをにわか勉強。中でも役に立ったのが、競艇の日本財団の会長を退任された曽野綾子さんが、財団での九年間の出来事を書かれた『日本財団9年半の日々』(徳間書店)という本であった。

似たような立場なので、曽野さんがどんな思いで物事を決断されたかを知ることが出来た。

公式発表まで絶対に外に情報を洩らしてはいけないし、マスコミが見張っているからという理由で、関係者と接触することを禁じられ、自宅で様々な打合わせをすませ、期日が近づくと、マンションの正面玄関を避けて出入りせねばならなかった。

にもかかわらず、結果的に一日前に読売新聞に抜かれてしまった。

翌日は各紙いっせいに、自転車振興会の新たなトップは民間人で、しかも女性の私だと報じ、心配した友達から電話が次々かかった。

私を知る誰にも理解出来なかったらしい。競輪と私、組織の長と私がどうしても結びつかず、あのおっちょこちょいが、うっかり話に乗ったのではと思われたり、伏魔殿《ふくまでん》といわれるようなところになぜわざわざ行くのか、怖いもの知らずにもほどがあるともいわれた。

しかし、自分一人でよくよく考えた上で決めたことであり、それに私はバクチはそれほど嫌いではない。競馬などの賭けごとも好きだし、アナウンサー時代はひまな時に誘われれば花札やチンチロリンにも参加し、弱くはなかった。

海外に出かければ、必ずカジノをのぞくし、他人が思うほど縁がないわけではなかった。ただ子供の頃、体が弱かったので自転車に乗れないのに自転車振興会会長？　と笑ってしまった。

組織についていては全く自信がなかったが、組織は一人ひとりの人間によって成り立っていると考え、私は人には興味があったので、組織を動かすのは所詮は人だという結論に至った。

しかし現実に就任してみると、男の組織であり、理事会に連なる競輪の専門家といった自負を持つ古い理事たちは、外から来た女に何が出来るかとバカにしているのがありありとわかる。

次々と決裁を求める職員、億単位の数字、わからぬことは出来るだけ聞き、人を知るために、一人ひとり時間のある限り部屋に来てもらっては話をする。

正午から一時までの静寂。準役所だからお昼にはみながいっせいに仕事をやめ、食事をする。

それまでの私は自由業で昼はひまなときに食べる癖がついているだけに、その一時間をどうやって過ごすか。私は外へ出て当時の虎ノ門の自転車会館のすぐそばのホテルオークラや全日空ホテルなど馴染みのレストランで食事をし、その間に押し寄せる事案について頭の整理をし、午後の会議や夜の会食にそなえる。

昼休みの一時間、私はしみじみ孤独を味わい、決断を下した。

中でも大きいのは、人事である。組織は人事が全てといわれるように、私など外の者には窺《うかが》い知れぬところがある。

しかしそれまで私のやって来た仕事は、人と会うことが多く、人を見る目だけは養ってきた自負はある。

一年間黙っておとなしく人やまわりを見渡した後、これはと思う人材で冷飯組だった人を登用、関係団体が驚くような人事をした。反撥《はんぱつ》もあり、外部団体に出向してもらった人には申しわけないとも思った。

一年間よく見た上だったので失敗はしなかった。

最後に決めるのは、自分一人で。人の一生を左右する責任は、自分がとる。トップはその孤独と重圧に耐えねばならないのだ。

孤独だからこそ、やり遂げられる

六年間在籍した中で、どうしてもやりたいことがいくつかあった。それまで役所からの天下りで来た会長は、任期をつつがなく過ごすために守りの姿勢になってしまって、何も変えることが出来なかったが、私の場合、失うものは何もない。

外から来た人間にしか出来ないことをやろうと決意していた。

女であることが、時にプラスに働くこともある。今まで女のトップなどとは縁がない人たちは、私をどう扱っていいかわからず、途方に暮れたこともあったろう。そこを上手に使えばいいと私は思っていた。

前の会長から「PRや広報の充実を」といわれていたので、外に向かって開かれた組織にすることを目ざし、広報の専門家である友人（女性）を参与に迎え、これまでとは違う、こちらから打って出る広報にし、CFも広告代理店が競い合う形にし、その年の

ＡＣＣ賞に選ばれたこともある。

参与の友人が作った広報紙は、今までの競輪のイメージを全く変える、しゃれた読みごたえのあるものになった。

ある日、会長室を橋本聖子議員が訪れ、女性の自転車競技のアスリートが走る場所がないため、競輪場で走らせてもらえないかと相談を受けた。

それを機に、いっそ女子競輪を「ガールズケイリン」と名づけ、新たに作ってはどうかということで話がまとまった。

かつて競輪が始まった当初は女子の競輪も存在したが、顔触れが固定してしまい、賭けになりにくく、まもなくなくなっていた。

全世界の各地で行われる世界選手権に、私は毎年一回見学に行っていた。出場する競輪選手を応援するためだ。

そこで女子の自転車競技の愛らしさ、すばらしさを知って是非導入したかった。日本でももっと自転車競技を盛り上げたかった。

ロンドンオリンピックがその契機になった。

その時から「女子ケイリン」という種目が導入されたのに、競輪の元祖である日本で、女子選手が走る場所さえない現実。最初は新潟の弥彦村《やひこむら》など数少ない場所が手をあげ徐々に施設が増え、ファッショナブルな装いにしたこともあってガールズケイリンは根づいてきた。

今では人気の競技にもなってきている。大学の自転車部出身者や人気アスリートも出て来て、世界選手権やオリンピックに出る可能性もある。

ところが日本には、三百メートルや五百メートルなどの競輪場は四十七も各地にあるのに、国際規格に合う二百五十メートル板張りバンクが一つもない。これでは世界選手権はもちろん、オリンピック誘致など出来ない。

女子選手という人材の次は、場所である。私のいる間に二百五十メートル板張りバンクを作ることが急務だった。ドーム型の客席を持つ板張りバンクを設計出来るのは世界で二、三人。ドイツのシューマンという著名な設計家と連絡がとれて、富士の見える修善寺の日本競輪学校近くの土地に、清水建設の施工で作ることが決まった。総工費は当時でおよそ四十億円、今なら一・五倍ぐらいかかる。

ガールズケイリンにしろ、二百五十メートル板張りバンクにしろ、初めての試みであり、うまくいくかどうか全くの未知数であった。

そのために、理事会や評議員会の承認をとるのにも苦労し、組織内は一時、不満の声が渦巻いた。保守的で決して冒険はしないのだ。

近しい人にも反対され、孤立無援に近い時も、私は諦めなかった。国際的に勝負するにはどうしてもなくてはならぬものだ。私は腹をくくり、いざとなったら先に記者発表をやって、既成事実を作ることまで考えた。

ぎりぎりのところで説得出来てガールズケイリンも誕生したし、二百五十メートル板張りバンクも完成した。観客席を増設して、オリンピックに使うことも決まっている。

「あいつは先見の明があった」とのほめ言葉も聞こえてくる。

外から来た私に何が出来るか、一人で考え、実行していった。孤独な決断だったが、みなの協力があって、無事に六年間を乗り切ったのだ。

第五章

孤独の中で自分を知る

絶望したからこそ得られること

一生に何度かは、誰もが持つことのある絶望感。私にもそんな瞬間はあった。

特に三十歳を過ぎて十年間惚れぬいた男性との別れが訪れた夜、自宅までタクシーで帰る間、雨はフロントグラスを強くたたきつけていた。

それに合せるように、私の目から涙が流れ続けた。

その夜、一人枕に顔を押しつけながら私は泣き続けた。体内にある水分が全て流れ出たかのように……。

死という言葉も一瞬、頭の片隅を過《よぎ》った。全てを失った気持ちだった。

この先、私は生きていけるだろうか。

その時、涙の中でふと気づいたのだ。明日の仕事を考えている自分がそこにいることに。

ということは、私はまだ自分に期待している。明日を気にしている自分、仕事のことを考えている自分がいるのだから。

期待する自分がいるうちは、生きられる。私にとって味わったことのない、貴重な一瞬だった。

期待は自分にするべきだと、私は常々いっている。自分に期待してうまくいかなくても、結果は自分に返ってくるだけ。次へ生かすことが出来る。

他人（家族も含めて他の人）に期待したら、うまくいかない結果はその人のせいであって、後に残るのは不満と愚痴だけである。他人に期待するひまがあったら、自分に期待するべきである。

私は一生に一度の恋と訣別し、仕事人として孤独でも一人で生きていく覚悟を決めた。それからは、もはや迷うことはなかった。私は、恋人との全てを封印し、仕事、それも自分自身が昔から希望していたことを貫いて生きていく方向に大きく舵《かじ》を切った。

そこが大きなターニングポイントになった。彼との間には、共に生活をしながら仕事を続ける選択はなかった。彼はそれを望んでおらず、全てを自分に捧げてもらうのが当然だという考えを持つ、コンサヴァティヴな人であることはわかっていた。それは、自分一人で自分を食べさせていくという私の生き方と両立するわけがなかった。

その後も偶然彼と出会う機会を神様は与えてくれたが、私はもう迷わなかった。私は死ぬまで自分で自分を養うという道を進むことに決めたのだ。

全く会わなくなってから、ある日、新聞の大きな見出しが目に留まった。そこには封印してきた彼の名があり、しかも大事件に関連するものであったために、驚きも大きかった。

その事件がどういう性質のものであるにしろ、私はそうした試練に耐えることが出来ないということがわかっていた。やはり、私は彼と暮らすことは出来なかったのだ。

同時に、ひょっとして共に暮らしていたら、公私の別に厳格に育てられた私が止めることが出来たかもしれないという、思いがけない感情まで生まれてきた。

あの時が一つのターニングポイントだったのだ。

私は仕事をとったのだ。最初からわかっていたことだったが、十年間迷いに迷い、出した結論でもあった。

それ以後、私の人生は、何をおいても、自己表現としての仕事に重きを置いてきた。選択を迫られる場面で、私は必ず仕事を選んだ。そのことに後悔はない。孤独の底で決断したことなのだから。

親の死後の孤独は格別

いよいよ自分は一人なのだと、人はいつ感じるのだろうか。

家族が一人ひとり減っていき、家の中に一人ぼっちになった時、家族と一緒に住んでいなくとも感じるものだ。

私に関していえば、父が死んだ時はそれほどではなかったが、母の死は、身ぶるいするような感覚を持った。

次は自分だという想い！　それまではなんとなく自分の前に母という屏風があって、その陰にいる感じだったが、いざ母がいなくなってみると、私に向かって風が吹いてくる。もはや私の前に立って、守ってくれるものは何もない。

台風に近い強風も、みぞれまじりの風も、直接私を襲ってくる。私はそれに耐えて立ち向かっていかなければならない。

見晴らしもよくなった。空の先まで見渡せる。邪魔するものがない気持ちよさと同時に、心細さも湧いてくる。

母は八十一歳で亡くなった。体はもともと丈夫だったが、他人の世話をするように生まれついたのか、最初の夫が結核にかかり七年で亡くなり、再婚した私の父も神経が細く、どちらかというと病弱で晩年は老人性結核にかかった。

娘の私も小学生で結核にかかり、常に心配が絶えなくて、母は自分の面倒を見るひまがなく、気がついた時は脳梗塞で倒れていた。心臓に疾患があり、すぐ意識不明になって亡くなってしまった。

訪れた病室を離れて外に出ると、大きなトラックがバックをしていた。ピーピーと鳴るその合図が母のベッドサイドモニターの音に似ていて、私はしばらくの間その音に慄いた。

やがて、その音も静まり、心臓が止まった。三月十八日、春の彼岸の入りだった。

八十一歳は今の私の年であり、決して長生きとはいえない。女性の平均寿命八十七歳の現在から考えれば……。

葬儀のために実家へ叔母と共に写真を探しに行ったら、突然、地震が来て、壁にかかっていた母を描いた父の油絵が落ちて来た。

「この絵を使ってね」と母がいっているような気がして、その肖像画を、母が好きだった紫色の濃淡様々な花で埋めて葬儀に使った。

実家に着いた時、叔母が驚いていった。

「暁子さん、今日は三月十八日。お祖母ちゃんと同じ日よ！」

私の母はずっと自分の母親と同じ日に死にたいといっていた。祖母は雪深い上越で暮らしながら福祉、特に親のない子供のために自分が働いたお金を寄附する行為を九十三歳で死ぬまで続けていたので、その生き方を尊敬していたのだろう。

母は自分の母親と同じ日に死にたいと願っていたからこそ、実現できたのだ。決して偶然ではない。そう願わない人には、あり得ないことだからだ。

こう死にたいと考えることは、そう生きるということと同じなのだ。

母は暁子命と他人にも見えるほど、私のこととなると見境がなかった。誰にとっても子供は命だろうが、度を越していた。

私のことになると自分が守らねばと、余計なことまで面倒を見てしまう。成長してからもそれは続き、私からすれば、もっと自分のために生きて欲しいとうっとうしく感じることもあったが、母がいなくなって目の前に屏風がなくなったらどうなるのかという不安も多少あった。

実際にその時が訪れてみると、これからは全て私が引き受けていかねばと武者震いをする思いだった。

一人になった。孤独になったことが清々しくもあった。私は一人なのだ。どんなことも胸を張り、引き受ける。来るものは来い。私は逃げない。逃げ場はないのだ。その時の想いはずっと続いている。

母は、死んで私の血となり、肉となった。そのせいか、母が生きている時はたまに夢に出てきていたが、母が亡くなってからは母の夢を見たことがない。

秘密基地を作ると楽しみが増える

私も母の齢《よわい》と並ぶことになった。全く年齢相応の自覚などない。だいたい日本くらい年齢にこだわる国もないのではないか。

新聞記事には必ずその人の年齢が書かれているが、なぜそんなことにこだわるのだろうか。自分の年は自分で決めればいいではないか。客観的な年齢とは別に、主観的な年齢があっていい。

主観的な年齢は、私の場合まだ七十までいかず、六十代後半なのだが、それでも持ち時間は減ってくる。残された一人時間を大切に使いたい、という思いとは別に、時は飛ぶように過ぎていく。

客観的年齢からいけば、いつ死んでもそれほど不思議ではない。その証拠に同い年の早生まれだった野際陽子さんが死んでしまったではないか。会う約束をしていたというのに。

二〇一七年十二月、六十六歳で亡くなった作家の葉室麟《はむろりん》さんの言葉が新聞に載っていた。

「亡びないのは、一人一人の生き方だけだ」

その生き方をどこかに刻みつけておかねばならない。

自己表現のしるしは、私の場合は物を書くことなので、そのための場所を確保することは急務である。

自宅にも場所はあるのだが、電話は鳴る、人は来るなど、なんとなく落ち着かない。そこで近くに仕事場を借りることにした。誰にも教えず、誰も来ない秘密基地……。そう考えると楽しくてしょうがない。

私は一人暮らしをしたことがない。高校時代から家を離れ寄宿していたが、知人の家だったし、大学を出てNHKに入り名古屋局に転勤していた二年間は独身寮に住んでいた。東京へ戻ってからは実家、そして結婚してからマンション暮らし、エジプトに半年、つれあいが一緒であった。

一人暮らしの経験がないのに、えらそうに孤独など語る資格はないのだが、だからこそ一人時間が大事だと思うのかもしれない。

仕事場探しは自分で全てやると決めた。まず近くの不動産屋で現在の状況を知る。仕事だけして帰るのだから通うのに便利で、一間でいいから心地良い場所……そう思って探したが、現実は厳しい。

驚いたのは、契約書には年齢を書く欄があり、私の年だと、いつ亡くなるかわからぬと危惧されるのか、借りにくかったことだ。

私の場合、名前を知って下さっているので比較的難しくはなかったとはいえ、出来たら事務所名で借りることをすすめられた。年をとると、住む場所すら確保することが難しくなるのだ。

タクシーでワンメーターくらいの場所にホテル形式の部屋を安く借りている友人の部屋を見に行き、公園に面したその眺望の良さに感激していたら、偶然その二つ隣が空いて、管理体制が良い、気持ちのいい場所を手に入れることが出来た。

この原稿もそこで書いているのだが、二つの公園の向こうは超高層ビル。全く隔絶された空間で、一人の時間を満喫出来る。

最低限、机と椅子、ソファと棚を入れるにしても、気に入らないものはいやだったので、探しまわって、やっと落ち着ける状態になった。

ここへ来れば全くの一人。つれあいにも事務所の女性スタッフにも教えていない。なんと心愉しいことか。もっと早く実行すればよかった。こんなに心豊かでいられるなんて。

広い公園には子供たちの声がし、年配の男女が日なたぼっこをし、階段を若い男女が手をつないで降りてくる。緑も多く、花壇は彩られ、夕日が沈み闇になると、ビルの灯が一つ二つとつき始める。この部屋で何が出来るか、私が試されているのだ。

孤独であっても自己表現はいくらでもできる

しばらく前、日曜の朝日新聞に掲載される朝日歌壇で話題になった人がいた。何度か入選しているのだが、住所がわからない。名前も多分本名ではなかったろう。どういう人なのだろうかと話題になったのだった。

いわゆるホームレスではないかという予想はついたが、それ以上は何もわからなかった。本人もどこの誰と知れることが本意ではなかったのだろう、忘れた頃に投稿があり、選ばれて紙面に載る。それを楽しみにしている読者も出て来た。

私も読んでみたが、独り居の中から滲み出てくる自由さと裏腹に、人恋しさが感じられた。

一人で作っているだけでなく、投稿という人目に触れる行為をするということは、心の奥に自分を表現したい、自分の存在を知ってもらいたい気持ちがあるからだ。

私の友人の記者で、横浜の寿町を訪れては、そこに住む人たちと仲良くなっている女性がいて、住人の中には本好きであったり、俳句や短歌を作るなど様々な個性があり、実に多士済々《たしせいせい》だといっていた。

私もかつて、私の住むマンションに続く公園に住むホームレスのおじさんと仲良くなったことがある。

その公園には私たちが可愛がっているサンちゃんという白黒の地域猫がいて、その猫もおじさんになついていて、寒い夜などベンチで一緒に寝ていた。

その公園に桜が咲く頃、お花見と称して一緒に酒を飲んだことがあった。私がすすめたのではなく、通りかかったら向こうから誘われたのだ。

「願はくは花の下にて春死なむ」……と西行法師の歌をふと口ずさむと、「その如月《きさらぎ》の望月《もちづき》のころ」と続けてくれた。

私は驚いてしまった。

「昔、教科書で見たからだよ」

という。実はホームレスと呼ばれる人々こそ、自分自身と向き合う時間が多いので、ものを考え、まわりの人々の反応を見て、人間の本質を見抜いていることを感じさせられた。

サンちゃんという猫にもファンが多く、大人だけでなく、子供たちが学校帰りに寄ってゆく。その日学校であったこと、いじめられた辛さ、家に帰りたくない理由など、おじさんも一緒に聞いていた。

ある日ベンチが撤去された。おじさんは居場所を失って、どこかへ行ってしまった。

その頃だったろうか。朝日歌壇で注目を浴びた人物から投稿がなくなった。

どうしたのだろうかという声があがり、ノンフィクションライターがその人を追い始めた。噂をもとに捜し求め、もう少しという所までいったが、そこから先は行方不明。それをまとめた本が上梓され、話題を呼んだ。三山喬『ホームレス歌人のいた冬』（東海教育研究所、二〇一一年）である。

その本を読んでみたが、やはりその人物は見つからなくてよかったと思った。

この人は自分の意志で社会を拒絶したのだ。そして厳しい孤独の中で、自分と向き合い、自己表現をした結果、多くの人を感動させた。

自ら社会を逃れ、一人を選んでも、人間は生きている限り自己表現をしたいのだという事実に私は目をみはった。

自己表現は生きている証拠であり、自己確認の手段なのである。

母の枕元で見つけた懐剣の意味

母が亡くなって写真を探しに実家へ行った話は、すでに書いた。絵が趣味の父が描いた母をモデルにした油絵、それと同時に、枕元からもう一つ発見したものがある。

母は足が不自由になってからは、二階の居室から一階の応接間にベッドを移して寝室にしていた。一人暮らしだったから、何かと便利だったのだろう。

ベッドの枕元を整理していて、枕の下をまさぐっている最中、堅いものに突き当った。長さ三十センチほどの懐剣《かいけん》。「備州長船《びしゅうおさふね》」と銘があった。それは、下重の家に伝わるものだったのか、母が新潟の実家から持って来たものなのか。

ハッとして思わず取り落としそうになった。恐る恐る鞘《さや》から抜いてみると、まだ鈍《なま》ってはおらず、充分使えそうに思えた。

なぜ母はこんなものを持っていたのか。肌身離さず、寝る時も枕の下に。

生前、話を聞いたことは一度もない。かつて戦時中まで下重の家の座敷の床の間には、日本刀が二振り飾られていた。終戦直後の占領下においてGHQの指令によって接収されたらしい。

刀といえばそれしか記憶がなかったから、母の持つ懐剣はいつ頃からあったものやら、なぜ母が持つに至ったのかはわからない。

少なくとも父が亡くなって一人暮らしになる相当前から家にあったものと思われる。

何のために……。護身用かとも思ったが、誰かが我が家に侵入し襲われたとしたら、かえって危険ではないか。齢を重ねて、非力になっているところへ恰好の凶器があったのでは、「襲って下さい」といっているようなもの。それくらいのことは母にもわかっていたはずと考えると、母の覚悟のようなものを感じる。

毎夜、それを見ることで、孤独の覚悟を固めていたのか。

私とつれあいがマンションに移った後、父が老人性結核で清瀬の療養所に移り、やがてそこで亡くなってしまってからの日々を、等々力《とどろき》の家で一人生きるための覚悟が必要だった。暁子命の暁子がいなくなってから、母を支えるものは、この懐剣だったのだろうか。

母と一緒にいたのでは、私はいつまでたっても独り立ち出来ず、母もまた私に依存し、つれあいとうまくいかない現状を避けるための別居だった。いつでも母が泊まれるようにと部屋を用意していたが、夜になると必ず帰っていった。

私に唯一出来たのは、夜九〜十時の間に実家に電話をすること。それだけは地方に行っても外国に出かけても続けた。母のためというより、自分の安心のためだったのだが。

この懐剣をどうしたらいいのか。母の遺品だから、私が持ち帰るしかない。はたして許可のあるものだったか、証は見つからず、私が登録をすませて、以後私の手元にある。

母の享年と同い年になった今、久しぶりにあの懐剣をとり出して手元に置いておこうかと思う。私にとっては、かけがえのない母の形見。私のこの先の生き方を示してくれるかもしれない。

生前は、反抗することばかりを生きがいのようにして、父や母を乗り越えて生きてきたが、このへんで、もう一度素直になって、自分の家族や育った環境を見直してみることも必要だろう。

母は私にとっては愛情過多で、そのために私がスポイルされたところもあるが、度胸の良さと覚悟は、見習うべきだった。

母は多くを語らずに逝った。父ともまた兄とも私は、肝心なことを話していなかった。今、彼らを思うことは、私自身を知ることでもあるのだ。そのために『家族という病』を書いたのだ。

「あんまり長生きすると、友達が一人もいなくなるよ」

この二、三年、友人、知人に亡くなる人が増えてきた。私が妹のように可愛がっていた人の六十代での死はこたえた。乳がんの再発で骨まで転移し、京都住まいのため、その近くの病院まで仕事で関西に行くたびに寄り、亡くなる寸前まで見舞うことが出来た。

年の順ならば仕方ないとも思うが、自分より若い人の死は辛い。仏壇の横に彼女の写真を飾り、毎朝水をとり替えている。

俳句の仲間でいえば、岸田今日子、小沢昭一、永六輔、すばらしい人たちが消えた。

小沢さんはいつもいっていた。

「あんまり長生きすると、友達が一人もいなくなるよ」

小沢さんは仕事を一通りやり遂げ、次々と本を出し、最後に全句集を出して終わりを迎えた。

そして二〇一七年、私にとっては仕事を始めた時から一年先輩のアナウンサーとして名古屋で一緒に過ごした野際陽子さんが亡くなったことは、すでに書いた。

現役のままでの死は衝撃的であった。

社会に出た時から常に前を走り、姿は見えなくなっても、私には指針を示してくれていたと思えるのだ。

頼まれるままにいくつかの追悼文を書いたが、こんなに早く野際さんの追悼文を書こうとは夢にも思っていなかった。

私は子供の頃から病弱だったので、多分早死にすると思っていたが、夭折《ようせつ》の時期はとうに過ぎ、こうなったら長生きするしかないと思って、病気にならぬよう日々気をつけて暮らしている。

一つ病気になるごとにガクッと衰え、さらにそれが重なっていく例をいくつも見ているからだ。

風邪をひいた時など通っていた恵比寿のクリニックがあった。

その待合室でバッタリ、NHKに入局した昭和三十四年の同期生だったA君に会った。そのクリニックは、糖尿病専門でもあり、彼はそこで治療を受けているのだった。

糖尿は万病のもとといわれるように、その後がんを併発し、何度もの手術に耐えたが、ガクンとその都度体力をなくし、二〇一七年の末に亡くなってしまった。

知らせて来たのは同期生のO君。偲ぶ会を少人数でやろうと話がまとまった。

私たち同期生は、女四人、男二十人で、すでに十人近くが亡くなっている。

女四人のうち、一人はがんで、ダウン症の子供を置いていくことがどんなに無念だったか。もう一人はアメリカ人と結婚し、毎年帰国していたが、ある時パタッと消息が途絶えた。生死は不明であるが、亡くなっているのかもしれない。

男性は二十代でがんと交通事故で二人。あとは六十代、七十代、八十代と続いて、今は三分の二以下になってしまった。

毎年、養成時代の先生を囲んで、熱海や横浜で一泊の同期会を開くのだが、年々人数が減ってきた。

数年前、『水俣病事件四十年』の名著を残した宮澤信雄君、去年は私たちのまとめ役でもあった東大出のO君が亡くなり、二〇一七年の末にはA君が亡くなった。

A君はスポーツアナだったが、背も高く、目のくりっとした機智に富んだ明るい性格で誰からも愛され、スターの要素を充分持っていた。

私の同期生は、どの人も人柄が良く、その分欲張りでないのか地味な役向きが多かったが、それぞれに自分の人生を楽しんでいた。

宮澤信雄君や東大出のO君は死ぬまで反骨だったし、A君は明るいのに俳句を作らせると心情が滲み出て、あの笑い声と姿に二度と接することが出来ないと思うと淋しい。

訃報がスマホに入った時、私はクリスマスの青いイルミネーションの前にいた。一人、一人と去っていく。生きている私はそれを引き受けねばならないのだ。

母の歌集に残された孤独

待つことも待たるることもすでになく　雨にネオンのうるむ街ゆく

母が晩年に詠んだ歌である。女学校の頃から短歌を作り続けて、戦中戦後をはさんで一時とぎれていたが、一人暮らしになってまた作り始めた。「短歌」という雑誌に投稿したりもしていて、いつかたまったら歌集を作ってあげるといっていたのだが、生前には間に合わず、死んでから私が編集して、一周忌に母と親しかった人々に配ることにした。

次の歌は、父が亡くなって等々力の家に一人住み、自由ヶ丘まで買物に出かけた折のものかもしれない。淋しさが滲み出ている。

街に出て薔薇色の生地購《あがな》いぬ老いの淋しさ身に沁むる日は

母はきれいなものが好きだった。好みがはっきりしており物を買う時も迷うということがなく、結局それが一番良いという結果になった。

父が亡くなり、誰からも電話すら来ないという日もあった。だからこそ夜九～十時の私からの定期便を待ちこがれていたのだろう。

闇の中覚むれば孤独がしんしんと老の体を音たてて打つ

夜中は特に孤独だった。想像を絶する淋しさだったかもしれない。子供の頃から常に人に囲まれて育ってきた。雪国では冬など近隣の人はもちろん、目の見えない女旅芸人の瞽女《ごぜ》、郵便配達の人まで泊まっていくような家だったから、一人でいることの淋しさは、都会育ちの私にはわからぬものだったかもしれない。

孤独とは、しんしんと音をたてるものだ。老の体を打つ、その音が母には聞こえたのだろう。私も夜中に目覚め、眠れぬ夜など、その音を聞くことがある。

人の世のなべてのことに堪えて来し今さらわれに物おじもなし

辞世の歌である。死が間近になって、開き直りともとれる心境になっていく。死を前にして、今さら物おじすることもない。どんと来い、覚悟は出来ている。この歌を見て、母らしいと思った。そうした覚悟、潔い決断の出来る人だった。それだけに主婦業だけでなく、その才能を自己表現の仕事に生かせなかったかと残念に思う。若い時から亡くなるまでの歌は、ノートに書かれたり、広告の裏だったり。その中から選んで時代がわかるように編集した。友人たちの手を借り、薄紫の和紙に墨で「むらさきの……」と題字を書いた歌集が出来上がった。

母は紫色が好きだった。出雲和紙の人間国宝、安部榮四郎さんがすいた紙を使い、題字は私が書いた。戒名は紫雲院蓮誉雅詠大姉。紫色と和歌が好きだったので、この名になった。

「母を悼む」という私のエッセイを巻末に入れ、一周忌までに間に合わせた。母が生きていたら、どんなに喜んだだろうか。

友人知人には、父親や母親の句集や歌集、画集など、なんでもいいのだが、出来る限り生前に作ることをすすめている。

孤独な人は、いい出会いに敏感になる

一人の時間は、所詮他人と共有出来るものではないはずだ。

ところが、その一人時間に考えたこと、感じたことが、同じような感性を持っている人と話をしていて火花を散らす瞬間がある。そんな時、なんとも不思議な満ちたりた気持ちになる。

滅多にはないのだが、そうしためぐり合せに驚くことがある。何と呼んだらいいのか、仮にときめきと呼んでおこう。

　ときめきは前触れもなく冬薔薇《ふゆそうび》

という句を数年前に作ったことがある。

そういう出会いがあった。軽井沢の山道でバイクに乗った二人の男性が私の横をすりぬけていった瞬間、避けようとして思わず左手をついた。

「ボキッ」という不気味な音と痛みが同時に来た。私は右手で左手をかばい山荘までやっと辿り着き、そこにいたつれあいにいった。

「またやっちゃった！」

その前の年、左足首を、さらにその前年、3・11の年に右足首を骨折していた。その時の経験から、骨が折れたことは間違いない。

私の横をすりぬけたバイクは、そのまま走り去ってしまった。見ていたのは森に棲む獣や鳥たちしかいない。

すぐ軽井沢病院に運んでもらい待合室で待っている間、痛さに呻きながら、耐えている。そんな時、私は静かだ。文句をいったり泣いたりは決してしない。傷ついた自分と向き合っている。

痛みを口にしてみても、他人にはわからない。じっと黙ったまま自分がどうするか観察している。

傷ついた猫のように、泣きもせず、うずくまる孤独な瞬間、久々に病んだ自分を見つめる機会に恵まれた。

応急の手当てとギプスをしてしまえば、自然に治るのを待つしかない。

足の骨折は、両方とも約一ヶ月でギプスが取れた。ほとんど後遺症もなく、元通りになったので、仕事も一日も休まず、地方の講演にも車椅子で出かけた。

自分でしでかした傷は、自分で治すしかない。猫をはじめ獣たちは自分の傷は自分で治す。

じっと待つことも大事だ。サガンという私と暮らしていた猫は、具合が悪くなった時、一週間何も食べなくなった。口元を水で浸してやり、医者に来てもらって注射をしたが、半分くらいにやせてしまった。抱き上げると毛皮のようにふわっと軽くてハッとした。

一週間目の夜、よろよろとキッチンにいた私の元に来て、小さな声で鳴いた。試しにキャットフードを置くと、食べたのだ。一週間が嘘のように、それからみるみる恢復《かいふく》した。猫は孤独を知っている。じっと自分の体の声に耳を澄まし、徐々に命がみなぎってくるのを待っている。

私も猫を見習いたい。

左手首はレントゲンを撮ると、橈《とう》骨《こつ》と尺《しゃっ》骨《こつ》の両方が折れており、手術が嫌いなので、リハビリで治すことにした。

一日おきくらいにリハビリに通う中で、思いがけない出会いがあった。

その時間が楽しみで、せっせと通った。手は足のように簡単にはいかず、治るのに一年近くかかったが、普通に使えるまで恢復した。孤独の中で感性を研ぎ澄ましていると、心が通じ合う人をすぐ見抜くことが出来るのだ。

孤独を刺激する若い友人を作る

齢を重ねて孤独を感じることが多くなったら、その孤独を一人でじっと味わうのも良いが、時には刺激も必要になる。

刺激してくれるものは色々あろうが、人との会話は大切だ。

とはいえ、年をとった者同士、同じくらいの年代やそれより上の人の場合、刺激にはならず、お互いに愚痴や文句になってしまいがちだ。

齢を重ねてから多い会話といえば、まず健康の話、ということは病気の話。どこが痛いの辛いのといった会話だ。自分の体の衰えてきた部分を話し、お互いに共有しようとする。

他の人も同じように病んでいることを知って、ひそかに安心する。

「同病相憐れむ」というよりも、「異病においても相憐れむ」ことになる。

実は相手の病気の話を聞くことで、倍の重さになってもどってくるのだが。

出来るだけ病気の話は避けたい。最近は老々介護も増えて介護の話題も多くなってきたというが、情報を交換するのは必要だとしても、あまり深入りしてお互いに奈落の底に沈まないように。

出来れば元気な夢のある話をしたい。といっても、同じ相手だと、いつの間にか病や健康の話題に引きずられていくから、話す相手を変えたほうがいい。

自分より若い人にするのだ。それも十歳以上、いや三十〜四十くらい違ったっていい。年齢のギャップがあればあるほど、刺激は大きくなる。思いがけない話題で驚くのもいい。

友人は若い人に限る。年をとった友人は、遅かれ早かれいなくなる。若い人ならば、その確率は減る。年をとって親しい友人を亡くすくらいショックなことはないから、ショックを少なくするためにも若くて元気な人がいい。

私は義母の見舞いに老人ホームを訪れるたび、ぐったり疲れるのはなぜだろうと思っていた。そこにいる人々の年の重みだ。それが肩の上にのしかかってくる。

逆に若い友人と話していると、元気をもらう。

私の場合、仕事でつき合うのは三十〜四十代の編集者が多く、プライベートでも三十歳以上年の離れた友人を選んで遊んでいるから、こちらも元気をもらって若くなる。

年が違うと「話が通じない」という人がいるが、だからこそ新鮮な驚きがある。相手も自分の親か、それ以上の人と話す機会は少ないから、発見があるといってくれる。

しかも全く違う環境で生きてきた人ほど、新しい世界を見せてくれることがある。

そうはいっても、ある程度は大人のほうがいいと思っていた私だが、瀬戸内寂聴さんの話を聴いて、なるほどと合点した。

以前は、寂庵には何人か働く人たちがいたが、今は六十六歳も年が離れた、二十代の若い秘書だけになったらしく、お互いにびっくりすることばかりだそうだ。

それが愉しくて寂聴さんは、また若さをとり戻した。

その寂聴さんが「朝日賞」を受賞されたのでお祝いの会に行った。車椅子だったこともあるのにスタスタと歩いていらした。

「おめでとうございます」と私。

「あらお久しぶりね」と返事をされた寂聴さんの隣に大柄な美女。

「あっ、この方が？」と聞くと、

「そう、うちの秘書よ」

二十代の秘書のほうも、寂聴さんを見ていて驚いたり感心したり。お互いに新鮮で、そのことを秘書がつづった本が最近出版された。

何も同性である必要はない。異性であってパートナーとして暮らすということがあってもすてきかもしれないと思った。

もっとも孤独で孤高な人生を歩んだ女

最後に、もっとも孤独の中で一生を送り、気品を漂わせて亡くなった一人の女性を御紹介しよう。

名前は小林ハル。享年百五歳。昭和五十三年に国の無形文化財（瞽女唄《ごぜうた》）伝承者に指定された。通称「最後の越後瞽女」である。

文化財などと聞くと、恵まれた人生のように思われる方もあるかもしれないが、地を這うような辛い暮らしを強いられていた。

瞽女とは、目の見えない女の旅芸人のことで、戦後まもなくまで新潟県の高田と長岡に残っていた。

母の実家が上越の旧い家で、毎年高田瞽女が泊まっていく瞽女宿（近隣の人に唄や物語などを聞かせるための宿を瞽女に提供する地方の有力者の家）だったこともあり、その芸と人生に私は興味を持っていた。

無形文化財だった高田瞽女、杉本キクイさんは亡くなり、弟子二人が「胎内やすらぎの家（下越の目の見えない人のための老人施設）」に入るのを追って取材に行って、長岡瞽女の小林ハルさんに出会った。

着物姿で端然と座る、そこからは気品すら漂っている。その存在感に圧倒されて挨拶をし、いったいこの女《ひと》は何者？　と、向こうは目が見えないのだが、思わずこちらは正座をしてしまう。初対面でこんなに惹かれた人はいない。

それからは雪の日も風の日も、施設に通った。最初は「杉本さん（高田瞽女）のお客さん」と名前すら呼んでくれず、必要最小限の話しかしない。瞽女同士では誰のお客さんかは一つの礼儀なのだ。

「この人の人生を知りたい」そう願って一年近く、ようやく「下重さん」と呼んでくれ、それからは、彼女の生きてきた道のりを誠実に話してくれた。

生まれてまもなくそこひ（目の病気）で視力を失い、まだ光と影は認識出来たというが、人目を避けて座敷の一間を与えられ外にも出られず、同年代の子供と遊ぶこともない。

病弱の母親は自分が死んだ後を憂えて、手に職をつけさせるべく、瞽女の親方に弟子にしてくれるよう頼む。信濃川の土手に立ち、寒声《かんごえ》（寒の間に地声が出なくなるまで修業した声）が使えるよう、旅に出て一人で何でも出来るよう、針の糸を通し、浴衣くらいは縫えるよう厳しくしつける。

九歳になり、ふとんや必要な物全てを背負い、親方、姉弟子と共に旅立ち、様々ないじめにあい、一人木の洞に寝たり、人気のない神社に泊まり、それでも必死に耐えて一言も愚痴をいわない。意地悪な姉弟子から村外れで、股を金属のついた杖で突かれ、血がしたたり落ちても、医者には「ころんで根に引っかかった」としかいわない。

「いい人と歩けば祭り、悪い人と歩けば修業」ハルさんの言葉だ。

いい人と旅をするのは祭りのように楽しく、意地悪な人との旅は自分への修業であるという意味だ。

ハルさんは頭が良く、七百もの唄と物語のレパートリーを難なく憶えられた。録音などないから全て親方から口伝えで教わるのだ。

「葛の葉子別れ」「小栗判官照手姫」「石童丸」等々、その声は真っ直ぐで、障子がふるえ出すように思えた。

その生涯を私は新潟日報の夕刊に連載し、ノンフィクション『鋼《はがね》の女《ひと》——最後の瞽《ご》女《ぜ》・小林ハル』（集英社文庫）として上梓したが、取材の間中、その孤独で「人に迷惑かけてはなんね」という生き方に深く頭が下がった。

さらに彼女たちの辿った道筋を徒歩で辿ってみて、地の底を這うような暮らしの中で得た突き抜けた明るさをも知る。

いつ会っても端然と着物姿で、時に三味線を持ち、一人坐っている。私はハルさんを「おばあちゃん」と呼んでいたが、私の出会った数多くの人の中でもっともすばらしく品のある女性であった。

彼女の美しさは、目が見えず座敷に閉じこめられた孤独と厳しい旅暮らしの中で築きあげてきたものだ。

「次の世は鳥になっても」目が見えて欲しいとハルさんはいうが――。

著者略歴

下重暁子《しもじゅうあきこ》

早稲田大学教育学部国語国文学科卒業後、NHKに入局。
女性トップアナウンサーとして活躍後、フリーとなる。
民放キャスターを経て、文筆活動に入る。
ジャンルはエッセイ、評論、ノンフィクション、小説と多岐にわたる。
公益財団法人JKA(旧・日本自転車振興会)会長等を歴任。
現在、日本ペンクラブ副会長、日本旅行作家協会会長。
『家族という病』『家族という病2』(ともに幻冬舎新書)など著書多数。

幻冬舎新書 492

極上の孤独

二〇一八年 三 月三十日 第一刷発行
二〇一八年十二月 五 日 第十一刷発行

著者 下重暁子
発行人 見城 徹
編集人 志儀保博

発行所 株式会社 幻冬舎
〒一五一-〇〇五一 東京都渋谷区千駄ヶ谷四-九-七
電話 〇三-五四一一-六二一一(編集)
〇三-五四一一-六二二二(営業)
振替 〇〇一二〇-八-七六七六四三
ブックデザイン 鈴木成一デザイン室
印刷・製本所 株式会社 光邦

検印廃止

Printed in Japan ISBN978-4-344-98493-6 C0295
し-10-3

幻冬舎ホームページアドレス http://www.gentosha.co.jp/
*この本に関するご意見・ご感想をメールでお寄せいただく場合は、comment@gentosha.co.jp まで。

幻冬舎新書

下重暁子
家族という病

家族がらみの事件やトラブルを挙げればキリがない。それなのになぜ、日本で「家族」は美化されるのか。家族の実態をえぐりつつ、「家族とは何か」を提起する一冊。

下重暁子
家族という病2

家族のしがらみや囚われの多い日本の実態を一刀両断しつつも、家族という病を克服し、より充実した人生を送るヒントを示唆。60万部突破のベストセラー『家族という病』、待望の第2弾。

五木寛之
下山の思想

どんなに深い絶望からも、人は起ち上がらざるを得ない。だが敗戦から登頂を果たした今こそ、実り多き明日への「下山」を思い描くべきではないか。人間と国の新たな姿を示す画期的思想!!

佐藤愛子
人間の煩悩

人はあらゆる煩悩にさいなまれるが、どうすればこれらの悩みから解放されうるのか？　波瀾万丈の日々を生きてきた著者が、九十二年の人生経験から、人間の本質を的確に突いた希望の書。